"괜찮아, 그럴 수 있어"

다름과 통합

__________님께 드립니다.

서평書評, 추천하는 글 1

누구나 사회생활을 하면서 내 마음과 상대방의 마음이 서로 같지 않다는 것을 경험한다. 그런 과정에서 마음의 상처를 받고 다른 사람들과의 관계가 틀어지기도 한다. 요즘 사회 문제로 대두되고 있는 갑질이 심심찮게 뉴스로 나오는 것을 보면, 마음의 상처를 개인의 문제로 한정시키기에는 우리 사회 전반적으로 화가 난 사람이 너무 많은 듯하다. 그래서 서점가에는 사회적인 관계에서 마음의 상처를 입은 사람들을 위로하는 심리 에세이 서적이 많이 나오고 있다. 특히, 아들러 심리학을 적용한 「미움 받을 용기」 이후에 대중을 겨냥한 교양심리학 관련 책이 많이 나오고 있다. 그 중에는 이론적인 근거가 부족한 에세이 형식의 심리치료 책들도 더러 있다.

「괜찮아, 그럴 수 있어」는 초등학교 교장인 저자가 교육학과 심리학을 공부하면서 '마음에서 짜증과 불안, 우울감 같은 불편함이 왜 일어나는가?', '인간이 행복해지기 위하여 사람과의 관계를 어떻게 풀어나갈 것인가?'를 연구하여 누구나 쉽게 심리갈등을 스스로 치료할 수 있도록 안내하는 책이다. 특히, 이 책은 심리학자들이 연구하여 실험으로 입증한 이론을 바탕으로 심리 치료의 기법들을 꼼꼼하고 논리적으로 차근차근 설명해 주고 있다.

Part 1에서는 인간이 행복해지기 위해서는 사람과의 관계가 중요한데 왜 이런 관계에서 불편한 마음이 생기는지를 논리적으로 서술해나가고 있다. 그리고 내 마음의 상태를 알아차리고 상대의 마음을 헤아려 불편한 마음의 근거가 합리적인지 살펴야 한다고 설명하고 있다.

Part 2는 이 책의 핵심적인 부분으로서 나와 상대가 다름을 인정하고, 이러한 불편한 감정을 해소하여 통합해 나가는 기법을 설명하고 있다. 심리학의 대표적인 심리 치료 이론에 근거하여 필자가 현장에서 겪은 풍부한 사례를 예시로 들었다. 심리학의 어려운 이론을 실제생활에 적용하여 어떻게 통합해 나가는지 저자의 상담 사례를 구체적으로 보여주고 있다. '금연수기'와 '그리운 아버지', '선생님의 사직서' 등과 같은 사례들은 저자의 진솔함을 보여주며 통합 기법들을 누구나 쉽게 활용할 수 있다고 느끼게 한다.

Part 3은 저자가 '인생을 살아가는 모든 것은 마음먹기에 달려 있다'는 일체유심조의 사상을 이야기하고 있다. 특히 저자는 아주 중요하지만 너무나 쉽게 잊혀져가고 있는 우리의 전통적인 가치인 '효'에 대하여 합리적인 논리를 전개하고 있다. 또한 인간이 우주와 자연 속에서 지극히 미미한 존재임을 들어 인간의 삶에 대한 깊은 통찰을 보여주며 '정도로 최선을 다하고 결과는 자연의 질서에 맡긴다.'는 저자의 철학을 말한다.

다름을 인정하고 마음의 불편함을 해소하는 것에서 행복의 선순환이 시작되는 것이다. 저자는 심리학에서 배운 공부를 자신의 것으로 소화하여 실생활에 적용하는 단계를 거쳐 다른 사람에게 깨달음을 나누고 있다고 생각된다. 이 책을 많이 읽어 누구나 쉽게 갈등 심리를 해소하는 데 도움이 되었으면 좋겠다.

2019년 7월

울산 상북초등학교 교사 박현진

서평書評, 추천하는 글 2

지금도 공부 중인 서인수 선생님

내가 기억하는 서인수 교장선생님은 교장실의 책상에 앉아 책을 읽는 모습이 가장 먼저 떠오릅니다. 수년 전에 교육학 박사 학위를 받으셨다는 것을 아는 저에게는 참 궁금한 장면이었습니다. 어느 날 교장선생님께 여쭈어볼 기회가 있었습니다.

"교장 선생님, 아직도 하실 공부가 있나요?"

교장선생님은 미소를 지으며 대답하셨습니다.

"아, 이번에는 상담심리학을 공부하고 있습니다. 제가 잘 몰랐던 분야를 다시 공부하니 정말 재미가 있습니다."

공부가 재미있다고 말하는 사람은 방송이나 책에서만 나오는 것으로 생각하고 있었는데 그런 사람이 내 주변에 가까이 있다는 것이 신기하기만 하였습니다.

서인수 교장선생님의 가장 큰 장점 중의 하나는 본인이 공부한 내용을 우리 선생님들에게 나누어 주려고 애쓰신다는 점입니다. 교장선생님과 함께 근무하는 1년 6개월 동안 우리 학교 선생님들은 월요일 오후에 1시간 동안 '명상수업'을 하였습니다. 일주일 전에 교장선생님이 주신 주제를 갖고 함께 마음공부를 했던 시간은 지금도 잊을 수 없는 소중한 기억으로 남아있습니다.

'나의 마음을 바라보기' 주제가 나왔을 때는 이야기를 꺼내다가 눈물을 흘리는 선생님들도 많았습니다. 다름을 통합하는 방법을 배울 때는 모두 한마음이 되어 진정한 자유에 대해 고민하고 토론하였습니다. 마무리 과정에서 경험한 명상은 앞으로 우리들이 건강하고 편안한 마음을 갖고 살아가는 데 큰 자양분이 될 거라고 생각되었습니다. 그때 우리들이 이야기를 나누었던 주제들이 이번에 교장선생님께서 쓰신 「괜찮아, 그럴 수 있어」라는 책에 모두 녹아있습니다.

내가 만나 본 서인수 교장선생님은 쉬지 않고 연구하는 사람이며, 그것을 생활에 적용하여 함께 나누고 실천하는 사람이었습니다. 이 책은 바로 교장선생님이 경험한 인생의 여러 장면에 대한 실험 보고서라고 할 수 있습니다. 베껴온 것도 아니고, 들은 이야기도 아니고, 짜깁기를 한 이야기도 아닙니다. 이 책에 나오는 모든 이야기는 직접 겪고, 배우고, 공부하고 실험한 그분의 인생이야기라는 것을 알 수 있었습니다. 교장선생님은 삶의 경험과 학문의 이론을 씨줄과 날줄처럼 엮어서 다시 훌륭한 이론을 만들어내는 부지런한 연구자입니다. 그러므로 교장선생님의 말씀은 저에게 살아있는 가르침으로 다가옵니다.

이 책은 진정한 행복을 찾기 위해 마음이 고요해지기를 바라는 모든 사람에게 유익한 길잡이가 될 것입니다.

2019년 7월

울산 두동초등학교 교사 강수정

서평書評, 추천하는 글 3

의연依然 (그러함에 의지하다!)

필자의 이름 앞에 붙은 아호雅號를 보며 필자의 마음공부에 대한 관심과 철학을 살짝 엿볼 수 있을 것 같다.

이 책의 마지막에서 필자가 한 말이 떠오른다.

결과에 크게 마음을 두지 말라.
그냥 자연의 질서에 맡겨두라.
그러면 마음이 고요해진다.
그래도, 그러함에도 결과가 마음에 들지 않는다면,
"괜찮아, 그럴 수 있어" 하고 수용하라.

필자는 아마도 지난 시절 마음이 고요하지 않은 삶 속에 있지 않았나 하고 감히 추측해본다. 이 책은 필자 자신에게 하는 말과 위안이며, 결국은 마음의 고 요에 대한 해결책으로 나온 것이 아닐까 생각한다.

중요한 것은 상담심리와 인간관계를 오랫동안 공부한 필자의 실제 경험과 상담자로서 만났던 여러 내담자의 사례를 바탕으로 이루어진 이러한 말과 위안은 그 힘이 예사롭지 않다는 것이다. 특히 Part 2에서 소개하는 21개의 다름을 통합하는 사례들은 필자가 인지주의 심리치료에 바탕을 둔 상담자로서 독자인 우리를 내담자로 상담하는 과정으로도 느껴져 그 생생함이 배가 된다. 또한 필자의 자기 고백, 진솔함이 묻어나는 경험 사례들은 다름의 통합 방법들을 더욱 신뢰하게 만든다.

[Part 1 내 마음을 바라보다]에서 사람마다 다른 성격 때문에 자연스럽게 생각과 행동이 다른 사람과 다른데 그것을 인정하지 못하는 현실을 날카롭게 지적하고 있다. 필자는 마음이 서로 다름을 자연스럽게 인정하고 그것을 편안한 마음으로 바라보는 것이 마음공부의 시작이라고 첫 장을 시작한다.

[Part 2]에서는 비합리적 신념을 합리적 신념으로 바꾸는 방법을 여러 가지 통합 사례를 들어 설명하고 있다.

둘 이상의 다른 마음에서 더 합리적인 마음이 무엇인지를 찾아 그것을 선택하는 합리적 통합 사례의 네 가지는 나의 바람과 내가 받는 피해와 나의 감정을 알리고, 내가 상대방에게 무엇을 원하는지 말하는 [나 중심 말하기]의 중요성을 보여준다.

두 번째로 사람 관계에서 자기가 늘 손해를 본다고 생각하는 사람들에게 공정한 거래가 되게 하여 마음속의 불편함이 없도록 하는 통합 방법으로 거래적 통합 사례 네 가지는 친구와의 관계, 부모와 자식과의 관계, 연인과의 관계를 거래균형의 법칙, 과유불급의 법칙으로 쉽고 자세하게 설명하고 있어 사회 속에서 누군가와 관계를 맺는 우리 모두에게 어떤 형태로든 적용 가치가 높다.

세 번째로 과거 불행한 경험이 마음속에 남아서 현재의 생활에 부정적인 영향을 미치는 경우에 사용할 수 있는 정화적 통합 사례로 제시된 가족관계의 사례 두 가지는 누구에게나 있을 법한 가족의 문제를 끄집어낼 용기를 준다. 치료할 가능성을 충분히 열어주기 때문이랄까?

네 번째, 스스로의 문제에 대한 원인을 마음과 현실의 다름에서 찾고, 다름이 당연하다는 것을 깨닫고 인정하여 마음을 고요하게 만들며, 다름을 통합함으로써 문제를 해결하는 자기주도적 통합 사례는 마음의 불편함을 해소하는 근본 원리라고 할 것이며, 실제로 상담 장면에서나 학생지도에서 적용성이 높다고 생각된다.

다섯 번째, 수용적 통합 사례 네 가지를 들고 있는데 그중 '그리운 아버지'는 부모님의 있는 그대로의 모습을 받아들이고, 부모님의 상황을 따뜻한 마음으로 이해하고, 부모님으로부터 받은 은혜에 감사하는 마음을 가질 수 있을 때 '수용적 통합'이 시작된다면서 개인의 가정사를 밝히고 필자 스스로 수용적 통합을 이룬 모습을 보면서 가슴이 먹먹해지고 눈시울이 뜨거워졌다.

여섯 번째로 우리 마음이 아픈 과거에나 걱정스러운 미래가 아니라 현재에 머물며, 현재를 느끼며, 현재의 삶에 충실하도록 하는 수련 방법인 명상의 사례로 제시된 두 가지 명상은 직접 책으로 확인해 보기 바란다. 참으로 쉽고 유쾌한 명상법임을 미리 밝힌다.

이렇게 여섯 가지 다름의 통합 방법을 다양한 사례로 설명한 필자는 마지막에 이런 질문을 던진다.

"다름은 자연스러운 일인데 꼭 통합을 해야 하는가?"

"통합하지 않고 그냥 두면 안 되는 것인가?"

필자는 사례 두 가지를 들어 다름을 통합하지 않고, 있는 그 자체로 존중하는 것이 아름다운 경우도 많다고 밝히고 있다. 다름을 통합하는 데 힘이 부칠 누군가에게 참으로 위안이 되는 부분이다.

[part 3, 4]에서 마음의 불편함이나 심리적인 이상은 세계관, 인간관, 사생관과 관계가 깊으며 그것은 자연의 질서와 관련된다고 필자는 말한다.

우리가 살고 있는 세상과 인류에 대하여 과학적 지식과 논리를 통해 살펴보고, 삶과 죽음은 자연의 질서와 어떻게 관련 있는지 필자의 해박한 지식으로 알기 쉽게 설명하고 있다. 인류가 자연과 조화를 이루면서 조금 더 생존하는 길은 "인간은 특별하지 않다. 인간도 아주 평범한 자연의 일부라는 겸손한 마음을 가져야 한다."라는 필자의 말은 잔잔한 호수의 물수제비 파장처럼 다가왔다.

요컨대, 마음에서 일어나는 분노와 불안 그리고 우울과 같은 불편한 감정은 어떻게 일어나는지가 궁금하거나, 그런 감정이 일어났을 때 어떻게 해야 나를 다스리고, 행복해질 수 있을지를 알고 싶다면 [다름과 통합]의 책을 읽고 직접 상담자로, 내담자로 실습해 보며 스스로 답을 찾아보기를 바란다.

2019년 7월

동천초등학교 교사 이영숙

시작하는 글

세상을 살아가다가 보면 때때로 짜증이 날 때도 있고, 불안하거나 우울한 생각이 들 때도 있습니다. 보통 때는 참고 그냥 지나가지만 어떤 때는 기분을 참지 못하여 다른 사람과 다투기도 하고, 어떤 때는 내가 이 세상에서 가장 불행한 사람처럼 느껴지기도 합니다.

이렇게 나도 모르게 짜증이 나거나 불안할 때, 우울한 생각이 들 때는 무엇을 생각해야 하고 어떻게 행동해야 하는지 저는 한 번도 배운 적이 없습니다. 부모님께서는

"사람은 너그러운 마음을 가져야 한다. 기분 나쁜 일이 있어도 참을 줄 알아야 훌륭한 사람이다."

라고 말씀하시고, 선생님께서는

"싸움을 하는 것은 나쁜 일이다. 때로는 자기가 손해를 봐도 참고 상대방 입장을 생각해주어야 한다."

라고 말씀을 하시면서 참으라고 했습니다.

그런데 내 마음은 고요해지지 않았습니다. 마음속으로 화가 나고 억울한 생각이 들어도 부모님과 선생님께서 가르쳐주신 대로 참고 넘어가게 되었습니다. 마음속에서 감정이 소용돌이 칠 때는 어떻게 하는 것이 옳은 것인지 알고 싶었습니다.

제가 교직에 들어와서 아이들을 지도한 지 36년 동안, 그 오랜 시간 저도 역시 아이들에게 참는 것이 훌륭한 덕이라고 가르치며 살아온 것 같습니다. 그렇지만 실제 저의 생활에서는 참고 인내하는 덕을 갖추지도 못하였고, 마음이 고요하지도 않았습니다.

이제 어느 학교의 장이 되어서 많은 사람들의 입장을 모두 헤아려야 하는 자리에 있게 되었습니다. 그렇지만 '기분이 나쁜 일이 있어도 참는 것이 훌륭하다.'는 말은 여전히 나의 마음을 편안하게 두지 않았습니다. 사람을 대하는 마음과 실제 내 마음이 같지 않다는 것은 마음이 불편한 일이었습니다.

저는 지금까지 아이들에게 자신의 마음속에서 일어나는 감정들을 어떻게 처리해야 하는지 가르쳐주지 못하였고, 마음속에는 짜증과 불안이 가득해도 참아야 착한 사람이 된다고 가르쳐 왔으며, 아이의 아픈 마음을 헤아려주지 못하였습니다.

이런 불편한 마음을 해결하기 위하여 세 번의 대학원을 다니며 세상을 읽는 방법과 심리치료를 배우고 상담을 연구하게 되었습니다. 그리하여 항상 '마음속에 일어나는 분노와 불안 그리고 우울과 같은 불편한 감정은 왜 일어나는가?' 라는 물음과 함께 하였습니다.

이 물음은 나에게 「괜찮아, 그럴 수 있어」 라는 책을 쓰게 하였습니다.

사람은 누구나 즐겁고 재미있게 살아가기를 바라지만 우리 인생이 그렇게 쉬운 것만은 아니라는 것을 나이가 들어갈수록 더욱 잘 알게 되는 것 같습니다. 우리는 각자 나름대로 최선을 다해 인생을 살아간다고 생각하고 오늘도 열심히 살고 있지만 때로는,

"사람들은 왜 내 마음을 몰라주지?"
"내가 무엇을 위해 이렇게 앞만 보고 달려가고 있지?"

라는 질문을 하며 외롭다는 생각과 허무하다는 생각이 들 때도 있습니다. 이렇게 외로움과 허무함이 나를 찾아왔을 때, 무엇이라고 대답해야 하는지 어떤 생각을 하여야 하는지 나는 몰랐습니다. 농사에 바쁘신 부모님께 물어볼 생각을 하지 못하였고, 시험을 준비해야만 하는 절박한 학교수업에서 감히 물어볼 엄두를 내지 못하였습니다.

나이가 들어 스스로 공부해서 해답을 찾아야 되겠다는 마음으로 과학과 철학, 심리학, 상담학을 공부하였지만 마음이나 심리에 관한 전문서적들은 전문용어도 어렵고 실제 생활과는 다른 내용들도 많았습니다.

오랜 시간 동안 제가 공부를 하며 많은 생각을 해보니, 화를 내지 않는 것이 중요한 것이 아니라, 화가 나지 않는 것이 더 중요하다는 것을 알았습니다. 화가 날 때는 화를 내야 합니다. 그렇지 않고 화가 나는데 억지로 참는다면 마음속에서 상처가 됩니다. 그러므로 화가 나는데 참는 것이 아니라 처음부터 화가 나지 않도록 해야 합니다.

처음부터 화가 전혀 나지 않도록 하는 것은 마음먹기에 달렸습니다. 그런데 마음먹기가 마음대로 되지 않습니다. 정신의학이나 심리학 그리고 상담학의 책들은 이해하기 어렵고 설명되지 않은 부분이 많이 있었습니다.

저는 이 책을 통하여 쉽게 이해하고 스스로 실천할 수 있는 심리치료와 상담으로 이 마음먹기를 여러분과 함께 이야기하려고 합니다.

아무쪼록 독자 여러분께서 「괜찮아…」를 읽고 나면,

'짜증이 날 때는 어떻게 해야 하나요?'

'불안한 마음이 들면 어떻게 해야 하나요?'

'우울한 마음이 들면 어떻게 해야 하나요?'

라는 물음에 스스로 답할 수 있을 것을 기대하며 반드시 그렇게 될 것이라고 확신합니다.

끝으로 이 책에 나오는 사례의 지명과 인명 그리고 내용은 모두 다름과 통합의 방법을 효과적으로 설명하기 위하여 구성되었으며 실제 사실이 아님을 말씀드립니다.

대한민국101년 어느 여름날

작천정 나무 그늘에서

의연依然 서인수

차 례

Part 1

내 마음을 바라보다 _19

행복하게 살기 21
왜 기분이 나쁠까? 31
사람마다 성격이 다르다 33
불편한 마음에는 원인이 있다 41
내 마음을 바라보다 47
다름을 알다 59

Part 2

다름을 통합하다 _65

통합의 의미 67
합리적 통합 77
거래적 통합 133
정화적 통합 161
자기주도적 통합 179
수용적 통합 205
현재로 통합 239
다름의 자유 257

Part 3

대자연의 가르침을 배우다 _263

자연의 질서에 따라 변화하다 266

인연이 결과를 만든다 270

결과는 다시 인연으로 순환한다 274

Part 4

사람이 할 수 있는 일을 하다 _281

나는 서울의 모든 빌딩보다 비싸다 284

생존은「안재업애자감」이다 294

일을 잘하는 비결 306

관계는 상생의 거래이다 314

결과는 자연의 질서에 320

Part 1

내 마음을 바라보다

행복하게 살기

모든 사람은 누구나 행복하게 살기를 바랍니다.

옛 사람들은 그릇이나 옷, 가구 등에 온통 수복壽福이라는 글자를 새겨 사용한 것으로 보아 오래 사는 것과 행복하게 사는 것을 인생에서 최고의 가치로 생각했던 것 같습니다. 현대에서도 생활 모습은 달라졌지만 삶의 최고의 가치는 예전과 다르지 않은 것 같습니다.

사람들은 행복하게 사는 것을 지극한 마음으로 원하고 '행복'이라는 말은 많이 하지만 행복이 무엇인지, 어떻게 하면 행복하게 사는 것인지 확실하게 알려주는 사람은 드문 것 같습니다. 그것은 아마 사람마다 행복의 기준이 다르기 때문이 아닐까 생각됩니다.

저는 지금부터 행복은 어떠한 모습인지, 어디에 있는지 알아보려 여러분과 함께 떠나볼까 합니다.

여러분은 '행복'이라고 하면 어떤 모습이 떠오릅니까?

제 주변에 있는 직원들에게 '행복하다고 느낀 경험'을 이야기해달라고 했을 때 다음과 같은 이야기를 들을 수 있었습니다.

- 병원에서 일주일간의 입원치료를 마치고 집으로 돌아와, 이른 아침 일어났을 때 공기가 맑고 몸도 개운하게 회복되어 기분이 참 상쾌하고 좋았다.
- 취직하기 전에 취준생으로 이리저리 뛰어다닐 때, 엄마가 "괜찮아, 차근차근 준비하면 잘 될 거야!"하면서 격려해줄 때 난 행복한 사람이라고 생각했다.
- 두 달을 망설이다가 어렵게 사랑한다고 고백을 하였는데 그 사람도 나와 똑같은 마음을 가지고 있다는 것을 알았을 때, 정말 날아갈 듯이 기분이 좋았다.
- 지난겨울에 남편과 함께 북해도에 가서 아름다운 설경을 보며 노천온천에서 온천욕을 하다가 '내가 이렇게 행복해도 되나?'라는 생각이 들었다.
- 몇십 년 만에 친한 친구들 몇몇이 모여서 분위기 있는 찻집에서 차를 마시며 수다를 떨면서 '아, 내가 여유가 좀 생겼구나!'라는 생각이 들어 행복하다고 느꼈다.
- 아내가 팔을 다쳐 집안일을 못하게 되어 내가 설거지를 하고 빨래를 널고, 다림질을 하면서 '아, 집안일은 해도 해도 끝이 없구나!'생각하며 지금까지 불평하지 않고 기꺼이 집안일을 모두 맡아 해온 아내가 너무나 고맙게 생각되었다. 나는 행복한 사람이다.

행복한 일들을 찾아 적어놓고 보니…

건강을 되찾은 일, 취업이 안 되었을 때 엄마의 격려, 나의 사랑을 받아준 여친, 남편과 외국 여행, 친구들과 차를 마시며 수다 떨기, 아내의 고마움… 등으로 우리와 아주 멀리 있는 특별한 일은 아니었고 우리들 주변에서 흔히 보거나 들을 수 있는 일들이었습니다.

그런데 사람들은 행복을 이야기할 때

"연봉이 7천만 되어도 행복하겠다."

"그녀와 데이트를 하면 정말 행복하겠다."처럼 "무엇이 어떻게 되면 행복하겠다."라는 말을 많이 합니다. 그것은 어떤 성취를 이루거나 조건이 충족되면 행복하게 된다는 의미가 됩니다.

만약 이런 생각처럼 행복이 어떤 성취나 조건에 의하여 이루어지는 것이라면 무엇을 성취하기 전에는 행복하지 않다는 의미가 됩니다. 즉 사람들은 어떤 성취나 조건이 이루어지는 기대를 갖고 살아가게 되는데 이것이 이루어지기 전에는 행복하지 않으므로 기대를 가진 사람 또는 희망을 가지고 있는 사람은 언제나 행복하지 않은 사람, 불행한 사람이 되고 마는 이상한 논리가 성립합니다.

그러므로 행복은 성취나 조건에 의해 결정되는 것이 아니라고 할 수 있습니다.

사실은 우리의 일상생활이 대부분은 행복으로 채워져 있습니다. 우리가 '쌀밥을 먹는 것'은 아무것도 아니라고 생각할 수 있지만, 식량이 부족한 사람에게는 큰 행복이 될 수 있습니다. 우리에게 '별일 없이 지나가는 하루'는 아무것도 아니라고 말할 수 있지만, 시한부 환자에게는 더할 수 없이 큰 부러움이 될 테니까요.

이와 같이 우리의 일상생활은 행복한 일들로 가득한데 오늘 하루 동안에 일어나는 많은 일들 중에 하나만 기분 나쁜 일이 생겨도 '오늘은 기분 나쁜 날'이 되어 버립니다. 이처럼 여러 가지 기분 좋은 일보다 한 가지 기분 나쁜 일이 우리의 행복감에 더 많은 영향을 미친다고 합니다. 그렇다면 오늘이 행복한 날이 되기 위해서 행복을 잡으러 쫓아가는 것보다 우리를 기분 나쁘게 하는 게 무엇인지 찾아 그것을 바꾸는 것은 어떨까요?

그러면 우리의 생활에서 어떤 것들은 나를 기분 좋게 하고, 어떤 것들은 우리의 기분을 나쁘게 하는지 알아볼 필요가 있습니다. 별다른 생각 없이 매일매일 지나가는 우리들의 하루를 좀 더 자세하게 살펴보아야 하겠습니다.

인류는 오랜 옛날부터, 생존을 유지하기 위한 식량과 자원을 확보하려고 사냥과 채집을 했습니다. 이런 활동이 발전된 것을 '일'이라고 할 수 있습니다.

즉 일이란 생존을 유지하기 위해 개인이 반드시 해야 하는 무엇이라 할 수 있습니다. 그 중에서 가장 중요한 것은 식량을 확보하는 사냥이나 채집이라는 것입니다.

인간이 사냥을 할 때 큰 동물과 만나 정면으로 맞서 싸우기에 힘이 부족하여 어려움이 많았습니다. 큰 물건을 옮길 때에도 힘이 부족하여 혼자서는 불편한 점이 많았습니다. 그리하여 인류는 여러 사람이 서로 도와 사냥을 하거나 여러 사람이 함께 큰 물건을 옮기는 일을 하는 지혜를 발휘하였습니다. 여러 사람들과 협력하기 위하여 서로의 마음도 알아야 하고 일을 하는 방법을 의논하기 위해 의사소통도 중요했습니다. 이런 이유로 언어가 발달하면서 여러 사람들과의 '인간관계'도 더욱더 발달하게 되었습니다.[1)]

그리고 인간관계는 어려운 일들을 처리하는 데 유리할 뿐만 아니라 개인이 느끼는 감정을 서로 공유하고, 해결하는 데에도 매우 중요한 것으로 발전하게 되었습니다.

1) 유발 하리라(2015), 조현옥 역. 「사피엔스」. 김영사.

우리의 하루 생활을 시간으로 나누어 보면 대부분 사람들은 8시간을 자고, 8시간을 일하며, 8시간을 식사하고 이동하며 사람들과 만나고 휴식을 취하는 등의 자유 시간으로 사용하고 있습니다. 그러면 하루 중 8시간을 '일을 하는 데' 사용하고, 자유 시간 중에서 많은 부분은 사람을 만나는 '관계를 맺는 데' 사용합니다. 일을 하면서도 사람들과 관계를 맺으면서 일을 하는 경우도 매우 많습니다.

그러니까 우리의 생활 중에서 가장 많은 시간 비중을 차지하는 것은 '일'과 '관계'라고 할 수 있습니다.

그런데 우리 일상생활의 '일'과 '관계' 중에서 어느 쪽이 우리의 기분과 더 많은 관련이 있습니까?

「구인구직 플랫폼 사람인(대표 김용환)」이 '일과 직장 내의 인간관계'에 대하여 조사를 한 결과 사람들은 일에 대한 스트레스가 28.2%, 인간관계 스트레스가 71.8%로 인간관계에 대한 스트레스를 받는 사람이 훨씬 많다고 응답하였습니다.[2)]

우리 회사의 어떤 직원이 이런 말을 한 적이 있습니다.

"일이 힘들어서 싸우는 사람은 잘 없다. 기분이 나빠서 싸우고 나간 사람은 많아도…"

저는 이 말이 참으로 공감이 가는 말이었습니다. 아마 제 주변의 사람들을 살펴보아도 많은 분들은 '일'보다 '관계'가 더 힘들다고 느끼는 것 같습니다.

---

2) 동아일보, 2019.03.20.자.

왜 기분이 나쁠까 ?

그러면 왜 관계에서 기분 나쁜 일이 많이 생길까요?

저는 다른 사람과 다투었을 때 나도 모르게 이런 말을 자주 합니다.

"나는 그 사람을 도저히 이해할 수가 없어."

"어떻게 생각이 나와 그렇게 다를 수가 있지?"

아마 여러분도 이런 말을 해보신 적이 있을 것입니다.

위의 표현에서 중요한 말은 '이해할 수 없어'와 '그렇게 다를'입니다. '이해할 수 없어'는 지금 내가 느끼고 생각하는 것이며, '그렇게 다를'은 그 이유가 될 것입니다.

다시 말하면 그 사람과 나는 그렇게나 다르기 때문에 나는 그 사람을 이해할 수 없는 상황이 된 것입니다.

우리는 상황을 정확하게 분석하였고 표현도 정확하게 하였지만 그 의미를 진정으로 깨닫지 못하였기 때문에 씩씩거리며 화를 내고 있는 것입니다. 의견이 맞지 않아 서로 다투게 되는 것은 누군가 생각을 잘못했기 때문이 아니라 서로 다르게 생각했기 때문에 일어난 일입니다.

그러면 다시 의문이 생깁니다.

모두 다 같은 사람인데 왜 생각은 제각기 다를까요?

사람마다 성격이 다르다

지금까지 생각이 달라서 기분이 나빠지는 경우를 보았습니다. 그리고 다 같은 사람인데 왜 생각이 다른지 의문을 가졌습니다.

저는 사람들의 생각이 다르게 되는 이유로 성격이 다른 것을 생각해 보았습니다. 예를 들면, 성격이 긍정적인 사람은 상황을 긍정적으로 해석할 확률이 높고, 성격이 부정적인 사람은 상황을 부정적으로 해석할 확률이 높기 때문입니다. 이제 사람들의 성격들이 얼마나 다른지 살펴보아야 하겠습니다.

'나와 비슷한 성격의 사람이 얼마나 될까?'

사람들의 성격과 생각이 다르다는 것을 알기 위해서는 먼저 나와 비슷한 성격을 가진 사람들이 얼마나 되는지 살펴볼 필요가 있습니다.

사람들의 성격에 관해서는 수천 년 전 그리스의 플라톤이나 공자의 인간에 관한 통찰에서부터 지금까지 수많은 학자들이 연구를 진행하여 최근에는 어느 정도 이론적 합의를 이루었다고 합니다. 그것은 성격이 5가지의 특질요인으로 구성되어 있다는 이른바 빅 파이브Big Five 이론입니다.

골든 버그라는 심리학자는 성격을 형성하는 5가지의 특질요인을 외향성, 우호성, 성실성, 안정성, 개방성으로 하는 검사를 만들었습니다.[3]

각각의 특질을 살펴보면,

1. 외향성은 말 많은, 주장이 강한, 모험적인, 정력적인, 대담한 성격을 가지고 있고,

2. 우호성은 친절한, 이기적이 아닌, 협조적인, 관대한, 잘 믿는 성격이며,

3. 성실성은 조직적인, 책임감이 있는, 철저한, 근면한, 실제적인 성격이며,

4. 안정성은 이완된, 마음 편한, 안정된, 만족한, 냉정한 성격이며,

5. 개방성은 상상력이 풍부한, 창의적인, 호기심이 많은, 생각이 깊은 성격의 하위 척도를 가지고 있습니다.

골든 버그의 빅 파이브 이론에 의거 성격의 특질요인을 다섯 단계의 척도를 사용하여 검사한다면 다음과 같은 결과가 나타날 것입니다.

---

3) 민경환(2015).「성격심리학」. 법문사.

외향성 척도의 검사결과는
① 매우 내향적이다.
② 어느 정도 내향적이다.
③ 내향적인 것도 외향적인 것도 아니다.
④ 어느 정도 외향적이다.
⑤ 매우 외향적이다.

우호성 척도의 검사결과는
① 매우 적대적이다.
② 어느 정도 적대적이다.
③ 적대적도 우호적도 아니다.
④ 어느 정도 우호적이다.
⑤ 매우 우호적이다.

성실성 척도의 검사결과는
① 매우 방향성이 부족하다.[4)]
② 어느 정도 방향성이 부족하다.
③ 둘 다 아니다.
④ 어느 정도 성실하다.
⑤ 매우 성실하다.

---

4) 매우 성실하지 못하다. (필자 주)

안정성 척도의 검사결과는
① 매우 신경증적이다.
② 어느 정도 신경증적이다.
③ 둘 다 아니다.
④ 어느 정도 안정적이다.
⑤ 매우 안정적이다.

개방성[5] 척도의 검사결과는
① 경험에 대해 매우 폐쇄적이다.
② 경험에 대해 어느 정도 폐쇄적이다.
③ 둘 다 아니다.
④ 경험에 대해 어느 정도 개방적이다.
⑤ 경험에 대해 매우 개방적이다.

특질요인을 하나하나 열거하는 것은 그 자체의 의미를 설명하려는 목적이 아니라 특질요인의 척도를 다섯 가지 단계로 나누었다는 것을 보여드리기 위해서입니다.

자, 이제 검사를 마쳤습니다. 충분히 많은 사람들에게 이 검사를 실시하였다면 검사의 결과로 나오는 성격의 종류는 몇 종류가 될까요?

특질요인이 5가지이고, 각 특질요인을 5단계의 특질로 나누었습니다. 그러면 나올 수 있는 경우의 수는 얼마나 될까요?

---

5) 개방성은 경험에 대하여 수용적 태도나 사고의 유연성을 말하며 반대의 개념으로 완고하고 고집스러움을 뜻함. (필자 주)

외향성 척도만으로 검사를 한다면 성격은 다섯 종류가 나옵니다. 여기에 우호성 종류가 다섯 가지를 조합하면 25가지의 성격이 나옵니다. 이렇게 하여 다섯 가지 특질요인을 모두 조합하면 5의 5제곱, 즉 5×5×5×5×5=3, 125가지의 성격이 나옵니다.

독자 중에는 지금 왜 이런 숫자계산을 하는지 궁금하신 분도 있을 것입니다. 이 계산을 하는 것은 나와 비슷한 성격의 사람을 만날 확률을 알아보기 위한 것입니다.

빅 파이브 이론에 따라 성격검사를 해보니 성격의 종류가 3,000가지 넘게 나왔습니다. 이 결과는 어떤 의미를 가지고 있을까요?

그것은 내가 아는 사람이 3000명 정도가 되면 그 중에 나와 '거의 비슷한' 성격을 가진 사람이 1명 정도 있다는 의미입니다.

그런데 위에서 3,000명 중에 나와 거의 비슷한 성격을 가진 사람이 1명 정도 있다고 하였으니 우리들은 일상생활에서 나와 거의 비슷한 성격을 가진 사람을 만나는 것은 매우 어렵다고 할 것입니다. 보통 사람들은 결혼식 등의 특별한 행사를 매일 하는 것이 아니므로 일상에서 만나 같이 이야기를 나누는 사람은 많아도 하루에 100명이 되지 않을 것입니다.

그렇다면 우리들이 만나는 사람들은 모두 나와 성격이 다른 사람이 됩니다. 성격이 다른 사람은 생각도 다르게 할 수 있으며 행동도 나와 다르게 할 것입니다. 그러므로 내가 만나는 거의 모든 사람은 나와 다른 생각을 할 수 있으며 나와는 다른 행동과 선택을 할 수 있습니다.

즉, '내가 만나는 사람이 나와 다르게 생각하고 행동하는 것은 지극히 당연하다.'는 결론이 나옵니다.

그런데도 우리는,
모든 사람들이 나와 똑같은 생각을 해주기를 바라고, 나와 같은 행동을 해주기를 바랍니다. 그렇지 않고 나와 다를 때는 이상한 사람이라고 생각하고, 때로는 이해할 수 없다고 하면서 화를 내기도 합니다.

아침에 해가 동쪽에서 뜨고 저녁에는 서쪽으로 지며, 여름에는 덥고 겨울에는 추운 것은 지극히 자연스러운 일입니다. 이런 일로 짜증을 내거나 고민을 하는 사람을 어른들은 철이 없다고들 합니다. 우리 모두가 당연하게 받아들이고 적응해야만 하는 자연의 질서이니까요. 사람들의 생각이나 행동이 다른 것도 이와 같은 이치이므로 짜증을 내거나 걱정할 일은 아닐 것입니다.

불편한 마음에는 원인이 있다

이제 사례를 통하여 사람들의 기분이 나빠지는 원인이 무엇인지 살펴보고자 합니다. 사람들의 기분이 나빠지고 마음이 불편해지는 원인을 알아야 '불편한 마음'을 치료할 수 있기 때문입니다.

[마음이 불편한 사례_1]

승강기 안에서 통화

28세 정환 씨가 아파트 승강기에 탔을 때, 50대로 보이는 어떤 아주머니가 큰소리로 통화를 하고 있었습니다. 분명히 정환이 타는 것을 보았는데 아주머니의 통화음은 낮아지지 않았습니다. 가만히 통화 이야기를 들어보니 긴급한 일도, 중요한 일도 아닌 것 같았습니다. 자기 화난 일을 친구에게 하소연하며 지지해달라고 하는 이야기인데 욕을 섞어가면서 큰소리로 말하고 있었습니다. 목소리가 커서 좁은 승강기가 울릴 정도였습니다.

정환은 갑자기 짜증이 확 올라왔습니다. '큰 소리로 전화 통화를 하다가도 사람이 들어오면 서로 존중하는 의미에서 전화를 끊든지 통화 목소리를 낮추어야지…'라는 생각으로 무시당하는 느낌이 들고 화가 났습니다.

위의 사례를 보면 정환 씨가 승강기를 탔는데, 50대의 아주머니가 큰 목소리로 전화 통화를 하고 있었습니다. 사람이 타도 목소리는 낮아지지 않아 정환 씨는 배려가 없는 아주머니에게 무시당한다는 느낌이 들어서 짜증이 난 상황입니다.

기분 같아서는 아주머니에게 항의를 하고 조용히 통화하라고 말하고 싶지만 나이도 많고, 항의를 하면 싸움이 될 것 같은 생각에 꾹 참고 있었습니다.

저는 행복을 방해하는 것으로 인해 기분이 나쁜 상태를 '불편한 마음'이라고 하겠습니다. 위의 사례에서 보듯이 불편한 마음은 사람과의 관계에서 주로 발생합니다.

그런데 이러한 불편한 마음은 어디에서 오는 걸까요?

위의 사례는 어떤 상황인지 다음과 같이 살펴봅시다.

[사실] 승강기 안에서 아주머니가 큰 소리로 통화하고 있음.

[내 마음] 내가 탔으면 통화를 끝내든지 목소리를 낮추는 배려 있는 행동을 해야 한다고 생각함.

[현실] 아주머니는 아랑곳 않고 큰 목소리로 계속 통화함.

[기분] 무시당한 느낌으로 짜증나고 마음이 불편함.

내가 짜증이 나게 된 것은 [내 마음]과 [현실]이 같지 않다는 데 근본 원인이 있었습니다.

사례에서 나의 생각과 현실을 정리해보면 다음과 같습니다.

[내 마음] 내가 탔으면 통화를 끝내든지 목소리를 낮추는 배려 있는 행동을 해야 한다고 생각함.

[현실] 아주머니는 아랑곳 않고 큰 목소리로 계속 통화함.

[아주머니 마음] 전화 통화하는데 옆에 있는 사람은 상관없음.

내가 짜증이 올라오고, 불편한 마음이 되는 근본원인은 '내 마음과 현실의 다름'이었습니다.

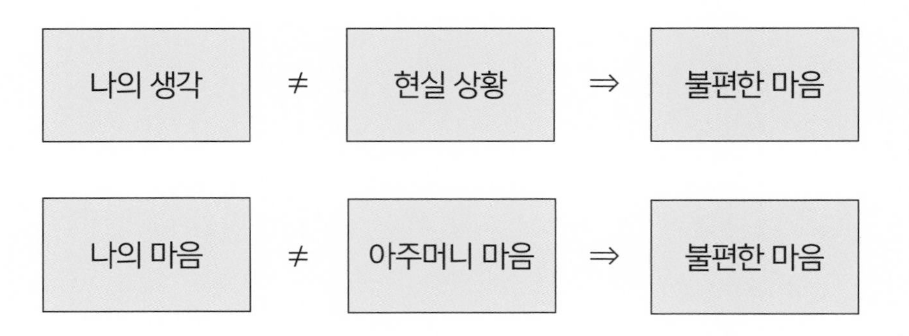

[그림1] 다름을 알아차림

지금까지의 내용을 정리하면 다음과 같습니다.

1. 불편한 마음이 생기는 원인은,
두 사람의 생각(마음)이 다르기 때문입니다.
2. 두 사람의 마음이 다른 것은
지극히 당연한 일입니다.
3. 지극히 당연한 일이 불편해지는 것은
다름을 인정하지 않기 때문입니다.

독자 질문

아주머니가 예의가 없는 사람으로 보이는데 이런 상황에도 '다름'을 인정하고 그냥 참는 것이 맞는 것인가요?

물론, 아주머니가 예의를 모르는 사람인 것 같습니다. 아주머니가 예의 바른 사람이면 좋겠다는 것은 나의 마음이고, 아주머니 마음은 나와 아주 크게 다른 것 같습니다. 그냥 참을 것인가 아주머니에게 뭐라고 할 것인가는 차후 문제이고, 지금 초점은 '내 마음에서 일어나는 불편함을 어떻게 할 것인가'입니다.

아주머니의 행동에 대한 나의 마음과 행동을 어떻게 할 것인가는 '통합'의 문제로 차차 논의될 것입니다.

내 마음을 바라보다

우리는 일생 동안 여러 사람을 만나고 이야기를 나누고 서로 소통하고 협력하면서 살아갑니다. 때로는 서로에게 이익이 되기도 하고 서로에게 즐거움을 주기도 하지만 가끔 서로가 얼굴을 붉히기도 하고 서로에게 해로움을 주기도 합니다.

다른 사람과 관계를 맺으면서 자신이 원하든 원치 아니하든 어떤 상황에서는 무엇인지는 잘 모르지만 마음이 불편하고 화가 나기도 하고 욱하는 감정이 올라오기도 합니다. 일반적으로 사람들은 그 감정을 자세히 들여다 볼 생각을 하지 못하고 불쾌하다는 생각만으로 솟아나는 감정을 그대로 표출하는 경우가 많습니다.

사람들과의 관계에서 불편한 마음이 생겼을 때 우리는 그것이 무엇인지 자세히 살펴볼 필요가 있습니다. 그것이 어떻게 생긴 것인지, 무엇인지 모르는 상태에서는 그것을 해결할 방법을 찾을 수는 없습니다. 최소한 그것이 무엇인지 알아야 그것을 해결할 수 있는 방법을 찾아 볼 수 있기 때문입니다. 이렇게 자기의 마음을 바라보고 아는 것을 '알아차림'이라고 합니다.[6] 알아차림의 대상은 감정일 수도 있고 생각일 수도 있으며 마음의 상태일 수도 있습니다.

---

6) Mark Epstein(2016), 전현수 역. 「붓다의 심리학」. 학지사.

앞에서 알아차림의 대상이 감정이나 생각이라고 했는데 불편한 마음과 관련된 것은 주로 내 마음의 감정 상태와 관련이 더 깊습니다. 따라서 이제 우리가 느끼는 감정에 대하여 좀 더 자세하게 살펴보고자 합니다.

보통 우리가 느끼는 감정을 살펴보면, 우선 칠정七情이라고 부르는 희노애락애오욕喜怒哀樂愛惡欲을 들 수 있고, 그 외에도 마음의 상태 혹은 기분을 나타내는 말을 많이 찾을 수 있습니다. 그런데 우리는 이런 감정을 잘 안다고 생각하지만 사실은 그러하지 못하다는 것을 금방 알 수 있을 것입니다.

가령 여러분은 '기쁘다'와 '즐겁다'를 쉽게 구분할 수 있습니까? 그리고 '슬프다'와 '아프다'와 '괴롭다'는 어떤 차이가 있는지 금방 찾을 수 있나요?

우리의 감정이나 기분, 생각 또는 마음의 상태를 나타내는 몇 가지 말의 뜻을 「국립국어원 표준국어대사전」에서 찾아보면 다음과 같습니다.[7]

- 기쁘다 : 욕구가 충족되어 마음이 흐뭇하고 흡족하다.
- 화나다 : 성이 나서 화기(火氣)가 생기다.
- 성나다 : 몹시 노엽거나 언짢은 기분이 일다.
- 슬프다 : 원통한 일을 겪거나 불쌍한 일을 보고 마음이 아프다.
- 원통하다 : 분하고 억울하다.
- 즐겁다 : 마음에 거슬림이 없이 흐뭇하고 기쁘다.
- 사랑하다 : ① 어떤 사람이나 존재를 몹시 아끼고 소중히 여기다.
  ② 남을 이해하고 돕다. ③ 남녀 간에 그리워하거나 좋아하다.
- 미워하다 : 밉게 여기거나 밉게 여기는 생각을 직접 행동으로 드러내다.
- 밉다 : 모양, 생김새, 행동거지 따위가 마음에 들지 않거나 눈에 거슬리는 느낌이 있다.
- 싫다 : 마음에 들지 아니하다.
- 욕심나다 : 분수에 넘치게 무엇을 탐내거나 누리고자 하는 마음이 생기다.
- 측은하다 : 가엾고 불쌍하다.
- 불안하다 : 마음이 편하지 아니하다.
- 두렵다 : 어떤 대상을 무서워하여 마음이 불안하다
- 우울하다 : 근심스럽거나 답답하여 활기가 없다.

---

7) https://stdict.korean.go.kr/main/main.do

국어사전을 찾아보면 우리가 평소에 정확하게 그 뜻을 잘 알지 못했던 말의 의미를 비교적 정확하게 찾아볼 수 있습니다. 그러나 사전적인 의미만으로는 그 느낌을 정확하게 다 알 수는 없습니다.

가령, '기쁘다'의 뜻을 찾아보면 욕구가 충족되어 마음이 흐뭇하고 흡족하다고 되어 있으며, '즐겁다'의 뜻은 마음에 거슬림이 없이 흐뭇하고 기쁘다고 되어 있는데 어떤 차이가 있는지도 느끼기 어렵습니다.

'아들이 원하는 대학시험에 합격하여 즐겁다'는 말보다 '아들이 원하는 대학시험에 합격하여 기쁘다'가 더욱더 정확한 표현이 될 것입니다. 또한 '설 명절에 가족들이 모두 모여서 같이 윷놀이를 하니까 기쁘다'보다는 '설 명절에 가족들이 모두 모여서 같이 윷놀이를 하니까 즐겁다.'가 더욱더 정확한 표현이 될 것입니다.

감정을 나타내는 말을 정확하게 사용하고 있지 않다는 것은 평소에 우리는 별다른 생각 없이 감정을 나타내는 말을 많이 사용하지만 정작 우리 자신의 감정을 자세하게 살펴보지 않고 있다는 것을 의미합니다.

우리는 지금 우리가 겪는 '불편한 마음'을 치료할 수 있는 좋은 방법을 찾고 있습니다. 그 방법을 찾기 위해서 우리의 감정이나 마음 상태를 정확하게 알아야만 하고, 그러기 위해서 감정이나 마음을 표현하는 말을 정확하게 사용하여야 한다는 것입니다.

그러므로 여러분은 직장에서 동료들의 말이나 행동으로 인하여 여러분의 기분이 상하거나 불편한 마음이 느껴진다면 여러분은 그때 여러분의 감정을 정확하게 마음속으로 묘사할 수 있어야 합니다.

다음의 사례를 읽고 나의 감정과 마음 상태를 바라보고 알아차리는 연습을 해보겠습니다.

[마음이 불편한 사례_2]

규정 속도와 원활한 소통

"편도 2차선 도로, 제한속도 70Km"

인주 씨가 늘 운전해서 출퇴근하는 도로입니다.

오늘 아침에 인주 씨는 늦잠을 자서 밥도 못 먹고 열나게 달리고 있었습니다. 그런데 인주 씨의 앞차가 시속 68Km 정도로 1차로를 달리고 있었습니다. 앞차의 앞에는 100m 정도가 텅텅 비어 아무도 없었습니다. 2차로는 차가 많아서 못가고 1차로는 규정 속도가 떡 버티고 있고... 규정 속도를 지키고 있으니 뭐라고 할 수도 없고, 이대로 간다면 지각이 틀림없는 일인데 미치고 팔딱 뛰겠습니다.

'아니, 규정 속도가 시속 70Km지만 보통 때는 대부분 시속 100Km 이상씩 달리는 도로입니다. 도로 상황에 따라 원활한 소통을 위해 더 빨리 달릴 수도 있지 않겠습니까? 79Km까지 범칙금에 걸리지 않는데... 규정 속도로 달리고 싶으면 2차로를 이용하면 되지 않습니까? 혼자 시속 68Km를 지키며 1차로에서 버티고 가는 것은 무슨 심보입니까?'이렇게 인주 씨는 혼자 짜증을 내며 투덜거렸습니다.

이때, 여러분은 여러분에게 일어나는 마음을 읽어내야 합니다. 여러분의 감정이나 마음의 상태를 바라보고 어떤 것인지 알아내야 합니다. 이것이 '알아차림'입니다.

첫 번째 단계는 다음처럼 마음을 읽으면 충분합니다.

> 나는 지금 짜증이 올라오고 있다.
>
> 그것은 앞차가 비켜주지 않기 때문이다.
>
> 나는 지각을 하지 않기 위해 더 빨리 달려야 한다.

두 번째 단계는 나의 감정과 마음 상태만을 읽는 것이 아니라 상대방의 감정과 마음의 상태를 추측해보는 것입니다. 상대방의 감정이나 마음을 알아보려면 그 사람의 자리에 가 보아야 정확하게 알 수가 있습니다. 실제로는 그 사람의 자리에 가 볼 수 없지만 우리는 이미 잘 아는 '역지사지易地思之'를 통하여 다음과 같이 생각해 볼 수 있습니다.

> 나(앞차)는 규정 속도를 지키고 있다.
>
> 나(앞차)는 법규를 지키고 있기 때문에 뒤에서 차들이
> 정체되어도 나의 책임이 아니다.

갈등의 해결을 위한 방법으로 알아차림의 단계는 지금까지 살펴본 여러분 자신의 감정과 마음의 상태를 알아차림 하는 것이고, 더불어 역지사지의 마음으로 상대방의 마음을 알아차림 하는 것입니다.

요약하면,

[상황] 나는 출근 시간에 늦지 않기 위해서 빨리 달리고 싶은데 앞차는 비켜주지 않고 있다.
[알아차림] 나는 짜증이 난다. 앞차는 융통성이 없다고 생각한다.
[상대방] 규정 속도는 지켜야 한다.

지금까지의 내용을 정리하면 다음과 같습니다.

타인의 말이나 행동에 기분이 나쁘다면,
[단계1] 내 마음을 바라보고 알아차림을 합니다.
[단계2] 상대방의 마음을 역지사지로 바라보고 추정합니다.

다름을 알다

지금 우리는 상대방의 말이나 행동으로 불편한 마음을 느끼고 상처를 받았을 때 우리 마음을 치료해가는 과정을 알아보고 있습니다. 앞에서 [단계1]과 [단계2]를 살펴보았습니다.

이제 [단계3]으로 내 마음을 알아차림 했을 때 그 생각과 감정의 근거가 무엇인지 살펴보는 단계입니다. 앞의 내용을 포함해서 다음과 같이 나타낼 수 있습니다.

① [단계1] 나의 생각이나 감정은 무엇입니까?

나는 출근 시간에 늦지 않기 위하여 빨리 달려야 한다.

앞차 기사는 비켜주지 않고 있다.

→ 앞차 기사는 규정 속도 70을 지키고 싶으면 2차로에서 달리면 된다.
고의로 1차로를 달리며 비켜주지 않고 있다.

→ 앞차 기사는 고지식하고 융통성이 없으며 고의로 진로 방해를 하고 있어 짜증이 난다.

② [단계2] 상대방의 생각이나 감정 ⇒ 상대방 입장에서 보면

1. 앞차 기사는 규정 속도 70Km를 지키려고 노력하고 있다.

2. 고의로 나의 길을 막고 있는 것은 아닐 것이다.

③ [단계3] 인주 씨의 생각의 근거는 무엇입니까?

인주 씨의 생각은 앞차 기사가 고의로 1차로를 달리며 다른 차들을 방해하고 있다는 것입니다. 그렇게 생각하는 이유는 앞차가 제한 속도를 지키고 싶다면 2차로를 시속 70Km로 달리면 될 것을 굳이 1차로를 달리며 빨리 가는 차들을 막고 비켜주지 않기 때문입니다.

이런 생각의 바탕에는 다른 사람의 마음을 내 마음대로 읽어버리는 '독심술'의 오류가 있을 수 있습니다. 아직 앞차의 기사에게 왜 그렇게 운전을 했는지 물어보지도 않았으므로 앞차 기사의 마음을 알 수 없습니다. 그런데 인주 씨는 다른 사람의 마음을 읽을 수 있는 '독심술'의 능력이 있다고 스스로 생각하고 있는 것입니다.

인주 씨는 '내가 원하는 것이라면 모든 사람들이 이해해주고 배려해 줘야 한다.'는 생각을 하고 있는지도 모릅니다. 실제로 인주 씨는 앞차가 규정 속도로 달리는 것에 화가 난 것이 아니라 자기가 빨리 달려야 하는데 달리지 못하게 비켜주지 않는 것에 화가 났는지도 모릅니다. 즉 자기가 빨리 달리는 것을 이해하고 배려해주지 않았기 때문에 화가 났을 수도 있습니다.

그렇다면 인주 씨의 짜증은 '다른 사람으로부터 존중받지 못한 데 대한 불쾌감의 표현'이라고 할 수 있습니다.

그러면 '나는 언제나 존중받아야 한다.'는 생각을 살펴보겠습니다. 사람은 누구나 존중받고 싶어 하고 존중하는 것이 예의이고 민주주의의 근본 원리라고 할 것입니다. 그러나 모든 사람들이 언제나 존중받아야 한다는 것은 우리의 바람일 뿐이지 현실은 그렇지가 않습니다.

전쟁이 일어나 사람의 목숨을 잃는 것을 보면, 사람들이 사람을 존중하지 않는 경우도 많으며, 밀림 속의 맹수나 곤충도 사람을 존중하는 마음이 전혀 없는 것 같습니다.

다시 말하면 '사람들이 서로를 존중해야 한다는 것'은 사람들끼리 협력하고 안전하게 잘 살아가기 위해 만든 약속의 하나일 뿐이지 자연의 질서는 아니라는 것입니다.

예를 들면, '모든 물체는 아래로 떨어진다.'라는 중력의 법칙은 사람들의 약속이 아니라 자연의 질서이기 때문에 언제나 어디서나 반드시 지켜지는 것입니다.[8)]

결론적으로 사람은 누구나 존중받아야 마땅하고 바라는 일이지만 그렇지 않을 때도 있다는 것입니다. 그러므로 존중받지 못한다고 해서 그렇게 화를 낼 것은 아니라는 것입니다. 그러므로 '나는 언제나 존중받아야 한다.'라는 신념은 '비합리적인 신념'이라고 할 수 있습니다.[9)] 합리적이지 않은 생각이라는 뜻입니다.

---

8) Isaac Newton의 만유인력의 법칙 (1665)
9) Albert Ellis(2016), 서수균 역. 「합리적 정서행동치료」. 학지사.

이번에는 상대방의 입장에서 생각해보겠습니다.

도로는 안전을 위하여 규정 속도를 정하고 일정한 속도 이상 달리지 못하게 되어 있습니다. 사례의 도로는 시속 70Km 이상 달리지 못하게 되어 있습니다.

앞차의 운전자는 규정 속도를 지키며 매우 모범적으로 운전을 하는 사람입니다. 이 사람은 도로의 교통사정이 원활하게 소통되는 것도 중요하지만 규정 속도를 지켜서 안전을 확보하는 것이 더욱더 중요하다고 생각하는 사람입니다.

이 운전자가 융통성이 없다는 소리를 들을지라도 결코 비난받아서는 안 될 사람이라고 해야 할 것입니다. 우리 사회에서 최소한의 법률도 지키지 않는 사람들이 얼마나 많으며 그 사람들로 인하여 얼마나 많은 피해가 있는지를 생각한다면 법규를 잘 지키는 사람은 칭찬을 해줘야 마땅할 것입니다.

다만, 앞차의 운전자는 자신의 생각대로 규정 속도로 운전하는 것과 다른 사람의 생각, 예를 들어 시속 79Km로 달리는 것도 인정하는 방안을 모색하는 것도 생각해볼 수 있겠습니다.

여기까지 이야기한 것은 '누가 옳다, 그르다'를 논의한 것은 아닙니다. 단지 우리의 불편한 마음이 생기는 것은 내 마음과 현실이 다르고, 나의 마음과 상대방의 마음이 다름으로 인한 것임을 알고, 내 생각의 근거가 합리적인지를 살펴보아야 한다는 것을 말하고자 하는 것입니다.

정리하면 다음과 같습니다.

타인의 말이나 행동에 마음이 불편해지면,
[단계1] 내 마음을 바라보기
[단계2] 상대방의 마음을 바라보기
[단계3] 생각의 근거 찾아보기
그 근거가 합리적인지 살펴보기

* 합리성과 비합리성에 대해서는 [part 2]에서 예시와 사례를 통하여 자세하게 설명하겠습니다.

Part 2

다름을 통합하다

통합의 의미

Part 1에서 불편한 마음은 다름에서부터 생긴다는 것을 알아보았습니다. 지금부터 다름으로 인하여 생긴 불편한 마음을 어떻게 통합하는지에 대하여 살펴보겠습니다.

그러면 먼저 '통합'이라는 말에 대해 알아보겠습니다.

통합의 사전적인 의미는

① 둘 이상의 조직이나 기구 따위를 하나로 합침.

② 경험을 중심으로 학습을 종합하고 통일함.

③ 여러 요소들이 조직되어 하나의 전체를 이룸.

이라고 되어 있습니다.

이 글에서의 '통합'은 '둘 이상의 다름을 완전하게 소화하여 새로운 하나의 바람직한 의미를 부여하는 것'이라 정의하겠습니다. 즉 내가 원하는 것과 나의 현실이 서로 다른 것을 논리적으로 완전히 이해되어서 새로운 하나의 의미를 구성하는 것이라고 하겠습니다.

심리학에서는 각 학파의 입장에 따라 심리적인 문제를 바라보는 시각이 다르고 원인도 다르게 진단하지만 결국 내담자의 바람과 내담자의 현실이 조화로운 통합을 이루어, 내담자가 편안한 마음으로 건강하게 생활하는 것이 심리상담과 심리치료의 목적이라는 것이 필자의 생각입니다.

심리치료의 이론들은 '불편한 마음의 원인을 어디에서 찾는가?'와 '심리 문제를 어떻게 해결하는가?'에 따라서 여러 가지 학파로 나눌 수 있습니다. 각 심리치료 이론에 대한 필자의 견해를 통합의 모습으로 살펴보면 다음과 같습니다.

① 정신분석적 치료에서 통합

정신분석적 심리치료의 입장에서는 심리문제의 원인을 주로 어린 시절(특히 아동 초기)에 경험한 상처와 감정이 자신의 마음과 통합되지 못하는 데 있다고 보고 이러한 불일치를 정화하고 통합하는 것이 치료의 방법으로 주장합니다.[10)]

② 게슈탈트 치료에서 통합

게슈탈트 학자들은 자신의 마음이 과거의 미해결과제와 통합하지 못한 것이 심리문제를 발생한다고 보고 미해결과제를 현재의 상황으로 가지고 와서 재경험을 하도록 하여 정화를 통하여 갈등을 해소하고 현실과 통합하는 방법으로 치료를 하는 것으로 보입니다.[11)]

③ 행동주의 치료에서 통합

파블로프나 스키너의 연구를 계승하고 있는 행동주의 학자들은 심리적인 문제에서 문제 행동은 잘못된 강화로 인하여 문제행동이 학습되었다고 보고 있습니다.[12)]

---

10) Gerald Corey(2013), 조현춘 역. 「심리상담과 치료」. 박영사.
11) Fritz Perls(2015), 최한나 역. 「게슈탈트 심리치료」. 학지사.
12) Richard S. Sharf(2015), 천성문 역. 「심리치료와 상담이론」

이때 바람직한 행동과 현재의 행동이 다르기 때문에 마음이 불편하게 되었고, 이 다름을 바람직한 행동으로 통합하는 것을 치료로 생각할 수 있습니다.

④ 인지주의 심리학의 치료에서 통합

인지주의 심리학자들은 심리적인 문제가 생기는 것은 역기능적 인식체계나 비합리적인 신념체계 때문이라고 보는 것으로 생각됩니다. 이러한 비합리적인 신념을 합리적인 신념으로 바꾸어 주면 치료가 된다고 주장합니다.[13]

마음이 불편한 사람의 인식체계와 세상의 상황이 다름으로 인하여, 세상의 상황들이 잘 해석되지 않기 때문에 마음의 불편함이 오는 것이고 이 다름을 통합함으로써 갈등을 치료할 수 있다는 점에서 필자는 인지주의 심리치료에 동의합니다.

⑤ 인본주의 치료에서 통합

인본주의 학자들은 모든 사람들에게는 스스로의 문제를 해결할 능력을 가지고 있다고 보고 있으며, 문제의 원인과 해결방법을 내담자 스스로 찾을 수 있다고 생각하고 그것을 내담자 스스로가 이끌어 내도록 도와주는 것이 치료라고 생각합니다.[14]

13) Albert Ellis(2016), 서수균 공역. 합리적 정서행동치료. 학지사.
14) Carl Rogers(2016), 한승호 역. 카운슬링의 이론과 실제. 학지사.

최근에는 다른 여러 가지 심리치료의 방법에서도 인본주의의 방법을 융합시켜 상담을 하고 있습니다. 상담이나 심리치료에서 가장 중요한 것은 '스스로 통합의 깨달음에 이르는 것'이라는 점에서는 필자의 상담치료도 인본주의 심리학을 따르고 있습니다.

이상에서 살펴보신 바와 같이 심리학의 각 학파에서의 심리치료의 목표는 모두 내담자가 원하는 것과 내담자의 현실 상황이 다름을 전제로 하고 있으며, 이것을 통합함으로써 불편한 마음을 불편함이 없는 마음으로 변화시키는 것이라고 할 수 있습니다.

'나의 감정'을 읽고 통합하는 연습

이제 나의 감정을 읽어서 알아차리고 다름을 파악해서 통합으로 가는 길을 살펴보겠습니다. 만약 어떤 상황이 내가 원하는 것과 다름이 발생된다면 마음이 흥분되고 기분이 나빠집니다. 여러분이 지금 그러한 상태라고 가정하고 감정을 읽어서 알아차리고 통합하는 방법을 연습해보도록 하겠습니다.

1단계 : 일단 멈춤

감정이 올라오는 상태에서 그대로 진행된다면 우리는 감정에 끌려가게 됩니다. 이럴 때는 '일단 멈춤'을 하여 정신을 차려야 합니다.

잠시라도 그 장소를 이탈하는 것도 좋은 방법입니다. 그것이 어려울 때는 실내에서 장소를 이동합니다. 예를 들면 책상에 앉아있는 상태라면 일어서서 몇 발자국을 걸어 본다든지 소파로 이동해서 앉는다든지 가능한 다른 상황을 만드는 것이 좋은 방법입니다.

2단계 : 나의 감정 읽기

무엇인지는 모르지만 감정이 올라오고 때로는 호흡이 가빠지고 심장이 뛰고 기분이 나쁘고… 이러한 상황은 내가 지금 나의 감정에 말려들어 가고 있다는 증거입니다. 이럴 때는 나의 감정이 무엇인지 솔직하게 들여다봅니다.

'아, 나는 화가 나고 있구나!'
'아, 나는 불안해하고 있구나!'
'아, 나는 두려워하고 있구나!'
'나는 기분이 나쁘고 화가 나는데 이것을 폭발시키면 내가 손해가 되기 때문에 억지로 화를 누르고 있구나!'

라고 생각을 해도 좋고, 혼잣말로 나지막이 속삭여도 좋습니다. 내 안에 있는 철없는 아이에게 말하듯이 정확하게 나의 감정을 읽어 줍니다.

3단계 : 다름이 무엇인지 파악하기

나의 감정이 읽어진다면 그 감정이 생기는 원인을 찾아봅니다. 나에게 이러한 감정이 생겨나게 된 이유는 무엇인지 살펴보면서 다름에 주의집중을 합니다.

다음 사례를 보며 생각해봅시다.

TV 프로그램을 진행하면서 메인 진행자인 제가 해야 되는 멘트를 보조진행자가 한 번씩 빼앗아갑니다.

점점 노골적으로 나의 역할을 침범하고 들어와서 보조가 메인 진행자의 역할을 하려고 합니다. 속에서 화가 치밀어 올랐지만, 속이 좁은 사람이 될 것 같아서 말을 하지 않고 있으려니 기분도 나쁘고 내 자리가 흔들릴 것 같은 걱정도 됩니다.

[나의 생각]

① 내가 주인공이니까 그 일은 내가 해야 한다.

② 나의 자리를 빼앗으려는 것 같아 화가 나고 걱정이 된다.

[동료의 생각] (동료의 생각을 내가 추측함)

① 주인공이 따로 있나?

② 먼저 하는 사람이 그 일을 하면 된다.

이렇게 '나와 동료는 생각이 많이 다르다'는 것을 알아차립니다.

4단계 : 어떤 통합이 좋을까?

'나와 동료의 생각이 다름으로 인하여 나의 감정이 요동을 치게 되었다. 나는 지금 통합을 해야 한다.'

라고 생각되면 어떤 통합을 해야 할지 생각해야 합니다. 통합의 종류는 합리적 통합, 거래적 통합, 정화적 통합, 수용적 통합, 현재로 통합, 무관의 통합 등 여러 가지가 있습니다. 이들의 구체적 통합 방법을 지금부터 자세하게 설명하도록 하겠습니다.

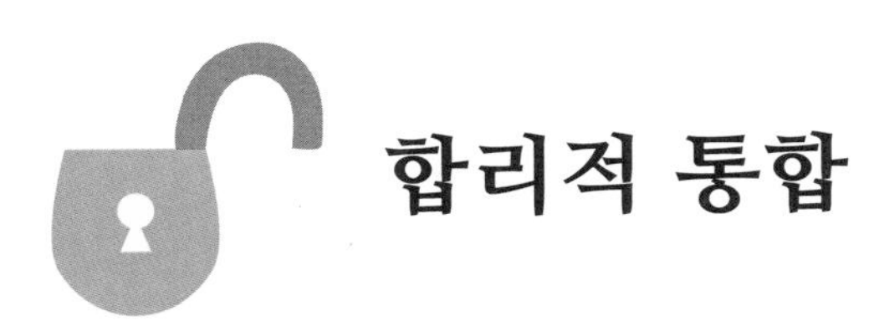

합리적 통합

앞에서 우리의 마음이 불편한 것은 둘 이상의 마음이 다르기 때문이라고 설명하였습니다. 내 마음속에 쾌락을 추구하는 본능이 있고 도덕성을 추구하는 초자아가 있어 갈등을 하는 경우가 있으며, 내 마음과 다른 사람의 마음이 달라서 불편함이 생기는 경우도 있습니다.

이러한 불편함을 해결하는 가장 좋은 방법은 둘 이상의 마음을 하나로 만드는 것입니다. 둘 이상의 것을 하나로 만드는 것을 통합이라 합니다. 여기서의 '통합'은 단순히 둘 이상을 하나로 합치는 것이 아니라, 둘 이상의 통합 대상이 하나가 되기 위해서는 그중에서 좋은 것을 고른다든지 나쁜 것을 버리는 방법을 취할 수도 있으며, 통합 대상의 특성을 모두 반영하는 방법 등 여러 가지 통합의 방법이 있습니다.

'합리적 통합'은 **둘 이상의 다른 마음에서 더 합리적인 마음이 무엇인지를 찾아서** 그것을 선택하는 방법입니다. 다음의 갈등 사례를 통해 합리적 통합의 방법을 배우고 연습해보도록 하겠습니다.

[합리적 통합_사례1]

교감선생님과 교사의 갈등

박현우 교감은 김해의 한 초등학교에 근무하다가 상도초등학교로 오신 분입니다. 그는 교육에 대해 철저한 원칙주의자이고 교육자로서의 의무와 책임을 강조하는 사람이었습니다.

그가 상도초등학교로 왔을 때 교사들에게 아이들을 위하여 최선을 다해줄 것을 요청했고 특히 다음 세 가지를 반드시 지켜줄 것을 요구하였습니다.

첫째는 교실을 완전히 청결하게 할 것. 둘째는 수업시간을 철저히 지킬 것. 셋째는 아이들이 복도에서는 절대로 뛰지 않도록 지도할 것이었습니다.

교사들은 박현우 교감의 말씀이 원칙적으로 옳은 것이기 때문에 앞에서 말은 하지 못하고 그렇게 하겠다고 생각하였습니다. 그러나 교실청소의 문제는 어떤 기준이 있는 것이 아니라서 보는 사람의 눈에 따라 만족할 수도 있고 미흡할 수도 있는 것이지요.

며칠 후부터 박 교감선생님의 잔소리가 시작되어 교사들은 스트레스를 받기 시작하였습니다. 교사들 나름대로 열심히 아이들에게 청소를 지도하였지만 박 교감선생님의 눈에는 차지 않았습니다.

또한 복도를 뛰지 않게 지도하는 것도 쉬운 일이 아니었습니다. 초등학교의 아이들은 한창 성장하는 발달단계로 잠시라도 가만히 있지 못하는 시기입니다. 선생님이 잠깐 없으면 아이들은 복도를 달립니다. 그렇다고 쉬는 시간, 점심시간마다 복도를 지키고 있을 수도 없는 노릇이었습니다.

드디어 교사들은 교감선생님이 너무하다며 교장선생님께 단체로 찾아가 항의를 하였습니다.

"교장선생님, 교감선생님이 너무 심하십니다. 교육에서 제일 중요한 것이 수업이고, 수업을 제대로 하려면 쉬는 시간에 힘을 보충하기 위해서 쉬어야 하는데 교감선생님의 지시로 복도에서 아이들을 감시하다 보니 쉴 수가 없습니다. 또 교실 청소에 너무 신경을 많이 쓰다 보니까 교재연구를 할 시간이 없습니다. 교장선생님께서 좀 어떻게 해 주십시오. 도저히 이대로는 근무할 수가 없습니다."

위 사례는 어느 초등학교의 교감선생님과 교사들 간의 갈등을 각색한 것입니다. 일선 학교에서 흔히 벌어질 수 있는 일들 중의 하나라고 할 수 있습니다. 교장선생님은 이 갈등을 원만하게 해결하기 위하여 깊은 고민을 하게 됩니다. 어떻게 해야 할까요?

사례의 이야기를 잠시 중단하고, 문제를 해결하는 절차와 개념을 살펴보도록 하겠습니다.

우선 이 사례를 통하여 '합리적인 통합'을 이루어 가는 절차와 우리가 피해야 할 비합리적인 생각의 조건을 알아볼 것이며, 다음으로 우리가 잘못된 생각을 하도록 만드는 '인지적 왜곡'에 대해서도 살펴보도록 하겠습니다.

먼저 합리적 통합을 하는 절차는 다음과 같이 4단계로 구성되어 있습니다.

1단계 : 다름을 찾아라

우선 교감선생님과 선생님들의 주장에서 다름을 찾아야 하겠습니다. 교감선생님의 주장은

"① 교실청소를 완전히 청결하게 할 것 ② 수업 시간을 철저히 지킬 것 ③ 아이들이 복도에서 절대로 뛰지 않도록 지도할 것"입니다.

한편, 교사들의 주장은

"① 우리는 교실을 청결히 한다. 교감선생님의 요구가 지나친 것이다. ② 복도에서 아이들이 뛰지 않도록 지도하는 것은 옳은 것이지만 그렇다고 쉬는 시간마다 복도에서 아이들을 지킬 수는 없는 것이다. ③ 적절한 선에서 아이들을 지도할 수 있도록 교장선생님께서 중재를 해주십시오."입니다.

잘 살펴보면 교감선생님과 선생님들의 주장이 같은 것도 있고 조금 다른 부분도 있습니다. 교육의 원칙론에서 서로 동의하고 있으나 정도의 문제와 현실적인 문제에서 다름을 발견할 수가 있습니다.

2단계 : 주장의 근거를 찾아라

두 번째 단계에서는 양쪽 주장의 바탕이 되는 생각을 찾는 것입니다. 사례에서 교감선생님의 주장은 '완전히 청결하게 하고, 시간을 철저히 지키고, 절대로 뛰지 않도록 해야 한다.'고 합니다. 주장에서 보이지요. '완전히, 철저히, 절대로'라는 말들이 들어 있습니다.

교감선생님은 '선생님은 학생의 모범이므로 완벽해야 한다.'라는 생각을 가지고 있는 것으로 보입니다.

선생님들의 주장은 '원칙에 동의하지만 현실의 상황을 고려해 주십시오.' 라는 것이었습니다.

선생님들은 '원칙도 상황에 맞게 적용해야 한다.'라는 신념을 가지고 있는 것으로 보입니다. 그러면 교감선생님의 생각과 선생님들의 생각이 서로 다르다는 것을 찾을 수 있습니다. 어느 생각이 더 옳다고 할 수 있을까요?

3단계 : 비합리적인 생각을 살펴보라

누구 말이 옳은지 그른지 또는 맞는지 틀리는지 어떻게 알 수 있을까요? 우리는 어떤 사람의 말이 옳은지 그른지를 판단할 때 일반적으로 합리적인지 비합리적인지를 살펴봅니다.

'합리적'이라는 단어를 국립국어원 표준국어대사전에서 찾아보면 '이론이나 이치에 합당한. 또는 그런 것.'이라고 나와 있습니다. 그러나 어떤 것이 이론이나 이치에 합당한지를 판단하는 것도 쉬운 일이 아닙니다.

합리적 생각과 비합리적인 생각을 보다 자세하게 알기 위하여 인지정서 행동치료를 연구한 엘리스Ellis의 '합리성'에 대한 개념을 살펴보도록 하겠습니다.

합리성

심리학자 엘리스Ellis는 합리성을 '자신의 가치와 목표를 달성하기 위하여 사용하는 유연하고 효율적이며, 논리적이고, 과학적인 방법과 관련된 것'[15]이라고 설명을 하고 있습니다. 엘리스의 이론에 따라 위의 사례에서는 누가 더 비합리적인지 살펴보도록 하겠습니다.

① **유연성** 을 기준으로 본다면 교감선생님은 '완전히', '철저히', '절대로'라는 말을 사용함으로써 유연성이 부족하다고 평가할 수 있을 것입니다. 선생님들 주장은 원칙에 동의하지만 현실적인 문제를 고려해 달라고 하였기 때문에 유연성이 높은 생각이라고 할 수 있겠습니다.

② **효율성** 을 기준으로 보면 언뜻 보기에 교감선생님의 주장대로 철저하고 완전하게 한다면 효율성이 더 높아질 것 같이 보이지만 선생님들의 주장에 의하면 현실적으로 실현이 가능하지 않다는 것으로 보아 교감선생님 말씀이 효율적으로 보이지 않습니다. 선생님들은 현실적인 상황을 고려해주기를 바라고 있습니다.

③ **논리성** 을 기준으로 보면, 교실은 청결해야 한다는 점과 수업 시간을 잘 지켜야 한다는 점, 복도에서는 뛰면 위험하고 다른 사람에게 소음의 피해를 줄 수 있다는 점 등을 고려하면 교감선생님의 말씀이 더 논리적인 것으로 보입니다.

---

15) Albert Ellis(2016), 서수균 역. 합리적 정서행동치료. 학지사.

④ 과학적인 방법은 이번 문제와 크게 관련성이 있지 않아 보이므로 생략하겠습니다.

교감선생님의 말씀은 교육의 원칙론에서 논리성이 일부 인정되지만 합리성을 판단하는 기준에서 유연성과 효율성에 위배된 것이므로 '합리적'이라고 말하기는 어려울 것으로 보입니다.

이번에는 교감선생님과 선생님들의 생각이 옳은 것인지 판단하기 위하여, 우리가 잘못된 생각을 하도록 만드는 '인지적 왜곡'에 대하여 아래에서 벡Beck의 설명을 들어보겠습니다.

인지적 왜곡

인지 심리치료자들은 아동초기 경험은 자신과 세상에 대한 기본적 신념을 형성하고 이 신념들은 인지 도식화된다고 봅니다.[16] 인지도식은 자신과 세상을 이해하고 해석하는 인지적인 틀이라고 할 수 있습니다.

벡Beck이라는 정신과의사는 우울한 사람의 사고과정에 나타나는 다음과 같은 몇 가지 인지적 왜곡을 발견하게 되었습니다. 이러한 인지적 왜곡이 일어나면 잘못된 생각으로 우울감에 빠지거나 이상 심리의 원인이 될 수 있다는 것입니다. 인지적 왜곡의 대표적인 예는 다음과 같은 것이 있습니다.[17]

① **흑백논리** '일등이 아니라면 실패한 것이다.'라고 생각하는 습관을 말합니다. 양자택일적 사고 또는 이분법적 사고라고도 합니다.

② **선택적 추상화** 우울한 사람들이 어떤 특정한 부분에 생각을 집중하는 습관을 말합니다. 가령, 골프 선수가 '공이 안 맞으면 어떡하지'라는 생각을 하면서 실수에만 집중을 하는 것입니다. 공이 잘 맞을 리가 없겠지요.

③ **독심술** 자기가 마치 타인의 마음을 읽을 수 있는 것처럼 생각하는 것입니다. '음, 나를 함정에 빠뜨리려고 하는 것이 분명해'라고 믿는 것입니다.

---

16) Richard Sharf(2015), 천성문 역. 심리치료와 상담이론. 박영사.
17) Aaron Beck(2017), 원호택 역. 「우울증의 인지치료」. 학지사.

④ **부정적 사고** 합리적인 근거도 없이 결과를 부정적으로 예측하는 것입니다. '이번 시험에도 분명히 결과가 좋지 않을 것이라는 느낌이 들어'라고 말하는 사람들이 주변에 가끔 있지요.

⑤ **파국화** 어떤 상황에 대해 과도하게 걱정하고 두려워하는 것을 말합니다. '창문을 열어 놓으면 분명 도둑이 들어와서 아이들을 칼로 위협할 거야'라고 생각하는 것입니다.

⑥ **과잉 일반화** 한두 가지 사실만 보고 전체가 그렇다고 생각하는 것을 말합니다. 가령, '너는 어른에게 인사를 안 하는 것으로 보아 인성이 나쁜 놈이 틀림없어.'라고 생각한다면 과잉일반화지요.

⑦ **개인화** 개인에게 아무런 관련이 없는 것을 개인의 탓으로 돌리는 경우를 말합니다. '내가 TV를 본다면 분명 우리나라 축구팀이 질 거야'라고 생각하는 사람들이 가끔 있지요. 자기가 축구를 보든지 보지 않든지 우리나라의 축구팀의 승패와는 아무런 관련이 없습니다. 잘못된 생각이지요.

4단계 : 합리적인 생각으로 바꾸라

위의 사례에서 교감선생님은 어떤 인지적 왜곡이 있을까요? 우선 '조금이라도 청소가 덜 되었다면 청소를 하지 않은 것이나 같다.'라는 흑백논리의 인지왜곡이 있는 것 같지요? 그리고 '청소가 안 된다면 교육이 이루어질 수 없어'라는 파국화의 인지왜곡도 있는 것 같습니다.

독자 여러분은 위에서 설명한 '인지적 왜곡'에 해당되는 것이 있나요? 다음의 습관이 있다면 체크해 보세요.

· 흑백논리 (이분법적 사고)	☐	· 파국화	☐
· 선택적 추상화	☐	· 과잉일반화	☐
· 독심술	☐	· 개인화	☐
· 부정적 사고	☐	*체크가 몇 개입니까?*	

이제 이 글을 읽은 독자 여러분께서는 스스로의 생각을 알아차리면서 아, 이것은 '비합리적인 신념이구나!' 또는 이것은 '인지왜곡이구나!'하고 깨닫고 느낀다면 여러분은 우울에서 빠져 나오게 됩니다.

왜냐하면 여러분의 생각이 진실(fact)이 아니라는 것을 알았기 때문입니다. 고무줄을 고무줄인 줄 알면 뱀이라고 무서워하지 않듯이 거짓인 정보 때문에 우울해할 필요는 없으니까요.

위에서 살펴본 바에 의해 교감선생님의 주장을 다시 옮겨보면

① 교실은 완전히 청결하게 할 것

② 수업 시간을 철저히 지킬 것

③ 아이들이 복도에서는 절대로 뛰지 않도록 할 것

입니다.

이 생각이 비합리적인 이유는 '완전히, 철저히, 절대로' 라는 수식어가 붙어있기 때문입니다. **'완전히'라는 것은 100%를 뜻하기 때문에 실제로는 불가능한 일이라 할 수 있으며 '절대로'도 같은 의미이기 때문에 비합리적이라고 할 수 있습니다.**

그러면 합리적인 주장으로 바꾸면 어떻게 될까요?

① 교실을 완전히 청결하게 할 것

→ 교실을 좀 더 깨끗하게 청소해 주십시오.

② 수업 시간을 철저히 지킬 것

→ 수업 시간을 지키도록 노력해 주십시오.

③ 복도에서 절대로 뛰지 않도록 할 것

→ 가능한 복도에서 뛰지 않도록 지도해 주십시오.

아마도 교감선생님께서 선생님들에게 처음부터 이렇게 말씀하시고, 청소를 해서 조금이라도 나아졌다면 칭찬을 해주는 방법을 사용했더라면 이런 갈등도 없거나 적었을 것이라고 생각합니다.

이제, 교감선생님과 선생님들의 갈등이 더 커졌습니다. 교감선생님 편을 들자니 선생님들의 불만이 더 많아질 것 같고, 선생님들의 편을 들자니 교감선생님의 체면이 말이 아니고… 걱정입니다. 독자 여러분은 이런 갈등이 생긴 초등학교 교장이라면 어떻게 하시겠습니까?

교장: 교감선생님, 어서 오십시오. 같이 차나 한잔 하고 싶어서 오시라고 하였습니다. 바쁜 시간에 귀찮게 오시라고 한 것이 아닙니까?

교감: 아닙니다. 괜찮습니다.

교장: 요즘 교감선생님께서 학급 선생님들을 열심히 지도하셔서 교실도 깨끗해졌고, 복도도 조용해진 것 같습니다. 수고 많이 하셨습니다.

(* 교감과 협의하고 싶은 내용에 관하여 교감이 노력한 점을 칭찬하여 자연스럽게 협의 주제를 가지고 옵니다.)[18]

교감: 아닙니다. 과찬의 말씀입니다.

교장: 선생님들이 힘들다고 하지 않던가요?

(* "넌 ○○을 잘못했어!"가 아니라 질문을 통해 문제가 없었는지 확인하고 있습니다.)

교감: 힘들어도 맡은 일은 해야 하는 것이 공무원이고 교사 아니겠습니까? 요즘 선생님들은 조금이라도 힘든 일은 하지 않으려고 하니 교육이 어떻게 될지 걱정입니다.

교장: 요즘 선생님들이 좀 그런 면이 있지요?

(* 맞장구를 치면서 공감을 표시하고 있습니다.)

---

18) (*)는 상담기법에 대한 설명

교감 : 교장선생님 아시다시피 우리가 젊을 때는 그런 것이 어디 있습니까? 교감이 뭐라고 하면 "예, 알겠습니다."하고 힘든 내색도 하지 않고 따랐지 않습니까?

교장 : 옛날에는 그렇게 했지요.

(* 교장은 계속 공감하고 지지를 보내고 있습니다.)

교감 : 옛날이나 지금이나 교육은 똑같은 교육이고, 해야 할 것은 하는 것이 옳지 않습니까? 교육이라는 것은 선생님이 모범을 보여야 학생이 따라오는 것이고, 청소를 할 때 제대로 하는 것을 보여주어야 학생들이 보고 배울 것 아닙니까?

(* 교감선생님 주장의 논리성을 읽을 수 있는 대목입니다.)

교장 : 옳은 말씀입니다.

(* 계속 지지를 보내고 있습니다.)

교장 : 그런데...

교감 : 예? 무슨 문제라도 있습니까?

교장 : 어떻습니까? 교실을 완전히 깨끗이 하라고 하니까 선생님들이 잘 따르던가요?

(* 교감의 주장에 대한 의문을 간접적으로 제시하고, 효율성을 검토하게 하는 질문을 하고 있습니다. 교장은 논박을 시작하고 있습니다.)

교감 : 말이 완전히 깨끗이 하라고 하는 것이지요, 요즘 사람들이 옛날 우리 젊었을 때처럼 할 수 있습니까? 제 말은 성의를 좀 보이라는 뜻이지요.

교장 : 그렇게 말씀하시니까 효과가 있던가요? 어떻습니까?

(* 효과성에 대한 질문을 하고 있습니다.)

교감 : 효과는 무슨? 요즘 선생님들은 말을 들어먹지 않습니다.

교장 : 아, 그렇군요! 그러면 복도에서는 뛰어다니지 말라는 지시는 어떻습니까? 선생님들이 잘 따릅니까?

(* 또 다른 항목의 효과성을 질문하고 있습니다.)

교감 : 아이고! 그것도 잘 안됩니다. 선생님들이 조금 하는 척하고 있다가 들어가 버립니다.

교장 : 아, 그렇군요! 복도도 잘 안 된다?

교감 : 예.

교장 : 그러면 효과가 없단 말이지요?

교감 : 예, 요즘 선생님들은 말을 잘 안 들어요.

교장 : 음... 교감선생님께서는 잘 안 되는 이유가 어디에 있다고 보십니까?

(* 교감의 주장에 대한 논박을 하고 있는 것입니다.)

교감 : 음, 청소는... 귀찮기도 하고, 또 요즘은 방과후 학교를 해서 사실은 시간도 잘 없는 편이지요. 그리고 복도는... 요즘 아이들은 집에서 전부 공주, 왕자로 키우니까 버릇도 없고 선생님 말도 잘 안 듣지요. 사실은 선생님들도 어려움이 있어요. 옛날처럼 회초리를 사용할 수도 없고 점심시간 동안에 복도에서 보초를 서 있는 것도 어려운 일이고.

(* 현실성, 유연성에서 문제가 있음을 스스로 시인하게 하고 있습니다.)

교장 : 아! 교감선생님께서 담임선생님의 애로 사항을 잘 파악하고 계시는군요.

(* 교감의 주장에 문제가 있음이 노출되었음에도 꾸중 대신에 칭찬을 하고 있습니다. 지적을 안 해도 알고 있다는 것을 압니다.)

교감 : 예, 저도 알고는 있지만 교육이라는 것이 그래도 해야 하는 것이니까 저는 책임을 다하려고 합니다.

교장 : 교감선생님께서 이 방법이 효과가 거의 없다는 것도 알고 계시고, 현실적으로 실천이 어려운 상황을 알고 계시는데... 그러면 지도 방법을 바꾸어 보시는 것은 어떨까요?

(* 지금과 다른 합리적인 대안을 찾을 것을 요구하고 있습니다.)

교감 : 교장선생님께서는 좋은 방법이 있습니까?

교장 : 교감선생님께서 저보다 더 공부도 많이 하시고 현명하니까 아이디어를 한 번 내어 보시지요?

교감 : 제 나름대로는 많이 생각해 봤는데 뭐 특별한 아이디어가 없었습니다.

교장 : 혹시, 담임선생님들께 아이디어를 한 번 물어보셨습니까?

(* 현장에서 아이디어를 찾는 방법을 제안합니다.)

교감 : 아니요. 안 물어봤습니다.

교장 : 그렇게 한 번 해보십시오. 교실의 청결이 문제가 되면 그걸 주제로 담임선생님과 토론도 하시고, 복도에서 달리는 것이 아이들에게 위험한 일이니까 그것도 토론을 한 번 해보시고...

교감 : 음, 알겠습니다. 제가 한 번 해보겠습니다.

사례에서 교장선생님은 교감선생님의 신념이 합리적인지 비합리적인지를 스스로 검토하여 알아차리도록 논박을 하고 있습니다. 다만 "당신은 무엇이 비합리적이다."라는 방식이 아니라 질문으로 스스로 비합리적임을 깨닫도록 안내하고 있다는 것입니다.

먼저 부담이 없는 인사말로써 대화를 시작하였고 수고하셨다는 말과 칭찬을 함으로써 이야기하고 싶은 주제를 자연스럽게 가져오고 있습니다. 이것은 '신뢰관계의 형성'이라고 할 수 있습니다. 우선 상대방이 함께 이야기하고 싶은 마음이 생겨야 마음을 열고 대화를 하고 문제의 핵심에 접근할 수 있기 때문이지요.

"선생님들이 힘들다고 하지는 않던가요?", "선생님들이 잘 따르던가요?" 등을 질문함으로써 교감선생님 자신의 신념이 합리적인지 또는 비합리적인지를 느낄 수 있도록 하고 있습니다. 이런 질문을 통하여 지도 방식의 효율성, 효과성을 논박하고 있으며, "실천이 잘 안 되는 이유가 어디에 있다고 생각하십니까?"라는 질문으로써 현실성과 유연성에 대한 논박을 하고 있는 것입니다.

그런 질문을 하면서도 중간 중간에 "그렇지요?", "옳은 말씀입니다.", "아! 그렇군요.", "애로사항을 잘 파악하고 계시는군요." 등의 공감하고 지지하는 말로 대화를 이어가고 있습니다. 공감과 지지하는 말은 상대방을 신뢰하는 마음이 생기게 하여 마음을 열고 진솔한 대화를 이어갈 수 있습니다.

더 중요한 것은 논쟁에서 이기는 것이 아니라 마음에서 우러나오는 이해와 스스로 깨달을 수 있도록 합리적인 정보와 실마리를 제공하는 것이라고 할 수 있습니다.

[합리적 통합_사례2]

명절에 시댁 나들이

정원이와 유정은 결혼을 한 지 거의 2년이 되어가는 신혼부부입니다. 두 사람은 서로를 사랑하고 사이도 참 좋습니다. 그런데 두 사람은 명절이 다가오면 걱정이 됩니다. 시댁과 친정집을 가는 문제로 지난 추석에는 서로에게 조금씩 서운하였습니다. 한 달 후면 설날이 되는데 이 문제로 서로 눈치를 보고 있습니다.

이번 설날은 화요일이라서 월, 화, 수요일이 휴일입니다. 그런데 토, 일요일이 설 앞에 있으므로 5일 연휴가 됩니다. 유정의 시어머니께서 벌써부터 설 전 일요일에 와서 저녁에 쉬고, 설날 전날인 월요일에 설 음식을 준비하라고 하십니다. 정원이 둘째라서 유정에게는 손위 동서가 있습니다. 유정은 회사에 다녀 항상 바쁘고 손위 동서는 전업주부라 시간이 많은 편입니다.

정원과 유정이 설 명절에 시가에 언제 가느냐를 두고 오늘 얘기를 하고 있습니다.

정원 : 여보, 설에 엄마가 일요일에 오라고 하는데 어쩌지?

유정 : 그러게 말이야. 어머님은 하루라도 빨리 아들이 보고 싶으신가 봐.

정원 : 엄마는 당신을 기다리던데…

유정 : 나를 기다리는 건 일을 부려먹으려고 그러시는 거고, 아들밖에 모르시는 분이니까.

정원 : 그래도 일찍 오라고 하시니까 하루 먼저 가자.

유정 : 자기는 자기 집이니까 빨리 가고 싶겠지만 나는 불편하단 말이야. 화장실도 불편하고 형님과 일을 하는 것도 불편하고…

정원 : 지난 추석에 우리가 늦게 도착해서 차례 음식을 형수님 혼자 다 준비했잖아. 좀 미안하더라.

유정 : 치~ 나는 가만히 있었나 뭐? 그래도 어머님께 선물도 하고 용돈도 많이 드렸잖아?

정원 : 돈으로 그걸 다 때울 수는 없지.

유정 : 솔직히 조금 불공평한 게 있어.

정원 : 또 뭐가 그렇게 불공평하십니까?

유정 : 그러면 당신 집에는 일요일 가서 하루 자고, 월요일 음식 준비하고 또 자고, 제사 모시고 오후에 우리 집에 가서 하루 자고 바로 올라와야 되는 게 공평하냐고?

정원 : 시가에 이틀 자고, 처가에 하루 자는 것이 불만이구나!

유정 : 그래요. 그게 불만이에요. 할 말 있어요?

정원 : 참내…

유정 : 그리고 또 있어요. 차례 음식을 만들면서 생각했는데, 나랑 어머님, 형님은 모두 김씨가 아니잖아? 나는 박씨, 어머님은 서씨, 형님은 최씨!

정원 : 그게 뭐 어떻다는데?

유정 : 생각해보세요. 제사는 김씨 조상님께 지내는 것인데, 김씨이신 아버님과 아주버님, 당신은 방에 앉아서 술을 드시고 TV보시면서 편히 지내는데 김씨 아닌 여자들이 음식을 다 만들잖아? 내가 우리 조상님께 제사를 지내면 고생을 해도 말도 안한다.

정원 : 그야 그렇지만, 대한민국의 모든 가정이 그렇고 옛날부터 관습이 그렇게 되어 왔으니까 어쩔 수가 없지요. 또, 솔직하게 말하면 원시시대부터 남자 힘이 여자보다 강하니까 여자를 보호하고 집안을 보호하기 위하여 남자 중심의 가족이 된 거니까 그것을 불평등하다고 말할 수는 없지. 자연스러운 일이잖아. 그건 생존을 위해 선택한 제도라고 할 수 있어요.

유정 : 어머머, 그럼 여자가 힘이 남자보다 세면 앞으로 엄마의 성을 따라가도 된다는 말이지?

정원 : 당연하지요. 지금도 엄마의 성을 따라가는 집도 가끔 있잖아?

유정 : 그러면 당신이 평소에 남녀평등을 이야기한 것은 모두 거짓이었어?

정원 : 남녀는 평등하지. 그러나 모든 게 같아질 수 있나요? 말이 안 되는 소리지. 내가 말하는 남녀평등은 제도나 관습의 문제가 아니라 부부가 서로 존중하면서 살아야 한다는 뜻이지.

유정 : 그렇지 남자들은 자기들이 필요할 때만 그러지.

정원 : 그리고 우리는 둘째라서 나중에 제사를 지내지 않아도 되잖아? 형님 댁에 가면 되는 것이고...

유정 : 내가 제사를 모시는 것으로 뭐라 하는 게 아니잖아? 제사를 지내는 것은 나에게 생명을 주신 조상님께 감사하는 좋은 풍습이라고 생각해요. 그러나 남녀의 차별은 문제라는 것이지요.

정원 : 당신 말이 옳은 면도 있지만 그것은 수천 년을 이어온 관습이고 전통인 것을 어떻게 해?

유정 : 당신도 참 지성인 같은 말씀을 하십니다. 관습이 있다 해도 불합리한 것은 합리적으로 바꾸어 계승하면 되는 거잖아요? 얘기가 나온 김에 이번 설날에 가서 아버님께 한번 여쭈어 볼까? 아버님은 어떻게 생각하실까?

정원 : 혹시라도 당신은 그런 소리를 했단 봐라. 내가 가만히 있지 않을 거니까. 당신 조심하는 게 좋을 거야.

유정 : 당신은 나하고 싸움이라도 붙을 기세네. 하여튼 이번에는 설 전날 시댁 갈 거니까 그렇게 알고 있어요.

앞의 사례에서 정원과 유정 부부는 명절에 시댁과 친정에 가는 문제로 다툼을 벌이고 있습니다.

유정이 주장하는 것은 남녀가 평등해야 한다. 그러므로 남성 중심의 제사문화도 여성도 똑같은 가치를 인정받는 방법으로 바꾸어야 한다는 것이고, 정원이 주장하는 것은 인류가 생존을 위하여 사회를 만들었고 생존에 적절한 가족제도를 만들었으니, 제사는 남녀평등의 문제가 아니라 인류가 생존을 위해 적절하게 환경에 적응하는 결과로 만들어진 관습이라는 것입니다.

여러분은 누구의 말이 더 합리적이라고 생각하십니까? 저는 두 사람의 말이 모두 옳을 수 있다고 생각합니다. 진화를 통하여 우리 인류가 탄생한 후 수백만 년을 지나오면서 정원의 말처럼 생존과 발전을 위해 당시의 상황에 가장 적절한 방법으로 가족제도를 만들어 왔고 그것은 자연스러운 일이라는 데에 동의를 합니다. 원시시대부터 농경시대까지 남성의 육체적인 힘이 절대적으로 중요한 시기였기 때문에 남성 중심적인 사회제도가 현명한 선택이었다고 생각할 수 있습니다.

그러나 우리가 지금 살고 있는 현대에는 어떻습니까? 튼튼한 팔 다리와 근육의 힘으로 창이나 칼을 사용해서 동물을 사냥해야만 하는 시대가 아니고, 힘을 사용하여 쟁기로 논밭을 갈거나 땅을 파야 하는 시대도 아닙니다. 여성의 작은 힘으로도 아주 거대한 포클레인을 운전할 수 있고 집게손가락으로 방아쇠만 당기면 사냥을 할 수 있는 시대입니다. 한 마디로 남성의 육체적인 힘은 옛날보다 그 가치가 많이 떨어졌다고 할 수 있습니다.

이제 시대가 바뀌었으니 가정이나 사회의 생활모습도 바꾸어야 한다는 유정 말에 공감을 합니다. 특히, 김씨의 조상의 제사를 모시는데 다른 성을 가진 여자들만 음식을 준비하는 것은 부당하다는 말이 설득력이 있습니다. 유정의 주장은 제사를 안 지내는 것이 아니라 여성들도 똑같은 가치를 인정받고 싶다는 주장은 합리적이라는 것입니다.

필자는 몇 년 전부터 명절이 가까워지면 여성 연예인들이 텔레비전에 나와서 "명절은 여자들을 노예로 만드는 날"이라는 말과 "명절이 여자를 힘들게 한다."는 말을 듣고 깜짝 놀랐습니다.

먹고 사느라고 바빠서 찾아뵙지 못한 부모님의 얼굴을 뵐 수 있고, 떨어져 살아가는 그리운 가족들을 만나서 그 동안 나누지 못한 정을 나누고, 나와 가족들을 있게 하신 조상님께 감사의 제사를 올리는 우리의 아름다운 풍습이 언제부터 여자를 노예로 만들고 여자만을 힘들게 하는 날이 되었는지 가슴이 아팠습니다.

합리적인 제사의 모습

그리하여 필자는 우리 집의 제사만이라도 요즘 상황에 맞는 모습으로 바꾸어 보자는 생각을 하게 되었습니다.

다음에서 열거하는 제사의 모습은 필자가 합리적이라고 생각하는 제사의 모습일 뿐입니다. 혹시 유림의 선비께서 예절에 어긋난다고 너무 크게 꾸중은 하지 마시기 바랍니다. 제사의 예의를 다하기 위하여 원형을 그대로 보존하면 그 번거로움과 비합리성으로 인하여 젊은 세대들이 외면하게 될 수 있고, 다음 세대에서 제사라는 미풍양속이 아예 사라져 버릴지도 모르는 일입니다.

그리하여 저는 논리적으로 타당하고 실용적인 제사의 모습을 추천 드리고자 합니다.

제사의 의미

우리는 모두 부모님께서 낳아주시고 길러주셨기 때문에 인간으로 존재하고 살아가고 있으며 좋은 일도 경험하고 궂은일도 겪으면서 생활하고 있습니다.

내가 마음이 힘들 때, 밥을 한 끼 사주면서 격려해주신 선배님을 고맙게 생각하고 감사의 인사를 드리는데, 평생 밥을 해주신 어머니께 단 한 번도 인사를 하지 못했다는 이야기를 공익 광고에서 본 적이 있습니다.

이렇게 내가 어른이 되어서 독립할 때까지 삼만 번의 밥을 차려주신 어머님의 정성과 그만큼의 식사비용을 제공해주신 아버지의 노고는 별로 고맙게 생각되지 않는 이유를 생각해봅니다.

제사는 나를 존재하게 해주신 것과 나를 길러주신 것에 대한 감사하는 마음의 표현이며, 어버이와 자녀의 연결로 유한한 생명을 영원으로 이어주는 의식입니다. 할아버지와 할머니께서 계셨기에 아버지와 어머니가 계시고, 아버지와 어머니께서 계시기에 나와 형제가 있고, 아들, 딸이 있고 손자가 있고 그렇게 우리의 가계가 이어지고, 그렇게 우리 인류라는 종족이 지구라는 별에서 생명을 이어가고 있는 것입니다.

그 모습과 의미들이 지역마다 민족마다 조금씩 차이가 있을지는 몰라도…

제사를 모시는 조상님

유교를 국교로 삼은 조선시대에서는 '4대 봉제사奉祭祀'라고 하여 부모님, 조부모님, 증조부모님, 고조부모님의 4대를 제사로 모셨습니다. 옛날에는 3대가 한 가족으로 한 집에서 사는 것은 보통이었고 어떤 집은 4대가 살고 많게는 5대가 같이 사는 가정도 있었기 때문에 위로 4대까지 제사를 지내게 되지 않았나 생각합니다.

하지만 지금은 많아야 3대가 같이 살고 있고, 보통은 부모님과 자녀 세대만 같이 살고 그나마도 성인이 되면 분가해서 살아가는 것이 일반화되었기 때문에 저의 생각으로는 부모님과 조부모님의 2대까지만 제사로 모시는 것이 좋다는 의견입니다. 사실 증조부모님은 살아계셔도 증손자를 보살피거나 사랑을 줄 기회가 없어 아이들의 기억 속에 거의 남아 있지 않을 테니까요. 그리하여 저는 아버지와 어머니, 할아버지와 할머니를 제사로 모시기로 결정하였습니다.

많은 여성이 자신의 조상님 제사를 지내지 않고 남편의 조상님 제사만 지내는 것은 남녀불평등이고 비합리적이라는 주장을 하였는데, 우리 집에서는 그 주장이 충분히 일리가 있다고 생각하고 받아들이기로 하였습니다.

그리하여 저는 제사를 지내기 전에 모든 가족들이 모여 함께 남녀가 평등한 지방[19]쓰기를 하도록 하였습니다.

---

19) 제사를 지낼 때 조상님 신주의 자리를 나타내는 상징의 종이를 지방紙榜이라고 합니다. 예 우리나라의 상징은 태극기입니다.

여기서 잠깐 전통적으로 사용해 온 지방의 내용을 살펴보면 다음과 같습니다.

[남자 조상님(아버지)의 경우]

顯考學生府君 神位 (현고학생부군 신위)

현 : 나타나다,

고 : 돌아가신 아버지를 높여 부름,

학생 : 관직 또는 직업, 없는 경우에 학생으로 씀

부 : 가정, 집의 높임,

군 : 남자어른을 높여서 부름

신위 : 신령이 와서 자리하는 곳

[여자 조상님(어머니)의 경우]

顯妣孺人陜川李氏 神位 (현비유인합천이씨 신위)

현 : 나타나다,

비 : 돌아가신 어머니를 높여 부름,

유인 : 관직 또는 직업, 없는 경우 유인 또는 숙인淑人

합천 : 본관(합천은 필자의 어머니의 본관임)

이씨 : 성씨, 친정이 이씨 집안임.

신위 : 신령이 와서 자리하는 곳

조부모님일 경우에 남자는 고考 대신에 조고祖考를 쓰고, 여자는 비妣 대신에 조비祖妣를 사용합니다.

요즘 아이들은 한자를 잘 모를 뿐만 아니라 배울 기회도 없기 때문에 굳이 한자를 사용해야 한다고 고집할 이유는 없다고 생각합니다. 다만 우리의 조상님들이 한자를 사용하였고 우리말의 형성 과정이 한자와 밀접한 관련이 있기 때문에 한자를 알면 우리말의 어원과 개념 형성에 매우 유리하다는 것은 사실입니다.

저의 아들과 딸도 한자를 잘 모르기 때문에 한글을 사용하여 다음과 같이 지방을 쓰기로 하였습니다.

[제가 쓴 지방]
생명과 지혜를 주신 부모님 신위

소자 ○○○ 올림

[아내가 쓴 지방]
생명과 지혜를 주신 부모님 신위

소녀 ○○○ 올림

[아들이 쓴 지방]
생명과 지혜를 주신 조부모님 신위

손자 ○○○ 올림

[며느리가 쓴 지방]
생명과 지혜를 주신 조부모님 신위

손녀 ○○○올림

여기서 중요한 것은 아내와 며느리는 각자 자기의 친정 부모님 또는 친정 조부모님에 대한 지방을 쓴 것입니다. 저의 아들이 쓴 우리 집안의 조상님과 아내의 조상님과 며느리의 조상님이 같은 제사상에서 사이좋게 함께 음식을 드시는 모습을 상상하면 되겠습니다.

이와 같이 우리 집의 제사에는 성이 다른 가족은 각자 자신의 직계 조상님의 위패를 쓰고, 제사는 가족 모두가 조상님 모두를 함께 모시고 제사를 지내는 형식입니다.

이런 형식으로 제사 문화가 변화되면 다음과 같은 좋은 점이 있습니다. 첫째, 결혼한 여성이 남편의 조상님만을 모시는 것이 아니라 여성 자신의 조상님을 제사로 모실 수 있다는 장점이 있습니다. 이것은 남녀불평등의 요소로 지적되어 오던 일을 해결하는 것입니다. 둘째는 남자도 자신의 외가 조상님과 자신의 처가 조상님을 모심으로써 자신의 어머니와 아내에 대한 사랑의 마음을 표시할 수 있다는 것입니다.

이와 같은 장점은 남녀불평등의 해소는 물론 가족들의 화합에 크게 기여할 것이며, 남녀가족 구성원의 다름을 통합하는 계기가 될 것으로 기대합니다.

[합리적 통합_사례3]

오지랖 넓은 보조 MC

우리가 일상생활을 하다 보면 가장 가까이에서 일하는 사람과 감정적으로 부딪히는 경우가 많이 있습니다. 특히 직장 생활에서 나의 역할이나 권한을 무시하고 영역을 침범하는 경우에 마음속에서 불편한 감정이 올라옵니다.

하나하나 따져서 말로 표현하자니 소심하다는 소리를 들을 것 같고 말을 하지 않고 그냥 지나치면 다음에 또 그러한 행동이 반복되기 일쑤입니다. 그런 행동을 하는 사람을 보면 오지랖이 넓고 남의 간섭을 많이 하며 남의 감정을 배려하는 마음이 조금도 없으며 뻔뻔하다는 느낌이 듭니다. 이럴 때에는 어떻게 해야 할까요?

다음의 사례를 보고 이야기해보겠습니다.

저(미나)는 방송국 예능프로그램의 진행자입니다. 혼자서 40분 분량의 방송을 진행하니까 너무나 힘이 들어서 보조 진행자를 하나 두었으면 좋겠다고 감독님께 말씀을 드렸습니다. 감독님은 제안을 받아들여서 보조 진행자 한 사람을 채용하여 같이 프로그램을 진행하게 되었습니다.

보조 진행자는 인물도 좋은 편이고 사교적이며 매우 외향적인 사람이었습니다. 처음에는 둘이 호흡이 잘 맞고 진행도 매끄럽게 잘되고 혼자 할 때보다 힘이 덜 들고 좋았습니다.

문제는 프로그램을 진행하면서 메인 진행자인 제가 해야 되는 멘트를 보조진행자가 하나씩 가져가는 것이었습니다.

처음에는 '아, 내가 잠깐 머뭇거리는 틈에 보조 진행자가 도와줘서 매끄러운 방송이 되어 고맙다.'라고 생각했습니다. 그런데 요즘은 노골적으로 나의 역할을 침범하고 들어와서 보조가 메인 진행자의 역할을 하려고 합니다. 속으로 화가 치밀어 올랐지만 속 좁은 사람이 될 것 같고 말을 하지 않고 그냥 있으려니 기분 나쁘고 내 자리가 흔들릴 것 같습니다. 나는 어떻게 하면 좋을까요?

사례의 갈등에서 다름을 찾아보겠습니다.

미나 씨는 주 진행자로서 자신이 맡은 역할을 자신이 해야 하며 그런 멘트는 보조 진행자가 침범하면 안 되는 것이라는 신념을 가지고 있습니다. 반면 보조 진행자는 적절한 타이밍에 보조라도 적절한 멘트를 치고 나가는 것은 개인의 능력이라는 생각을 가지고 있습니다.

이 두 가지의 신념이 다름으로 인하여 갈등이 생기는 것이고 이것은 분명이 어느 쪽으로든 통합되어야 갈등이 해소될 것입니다. 미나 씨의 입장에서 합리적인 통합의 방법을 생각해 보겠습니다.

위의 사례는 어느 직장에서나 흔히 있을 수 있는 일입니다. 이렇게 혼자서는 일처리를 다하기가 벅찰 때 보조를 두는 경우가 많은데 이런 경우에 가장 먼저 해야 할 것은 역할에 대한 명확한 규정입니다. 이러한 규정이나 합의가 없이 두루뭉술하게 무조건 '오케이'만 하게 된다면 앞으로 많은 갈등이 생길 수 있다는 것을 각오해야 할 것입니다.

만약 이러한 역할에 대한 규정이나 합의가 있다면 처음 일을 함께 시작할 때의 태도가 매우 중요합니다. 사람과 사람이 만나서 함께 같은 일을 할 때는 서로가 서로에게 어떻게 대해야 하는가를 첫 만남부터 탐색하고 결정하게 되는데 이것이 한 번 결정이 되면 바꾸기가 매우 어렵습니다. 그렇기 때문에 **처음 만나서 같이 일을 시작할 때 즉, 서로에게 어떻게 대하여야 하는지 태도가 결정되기 전에 자신의 태도를 분명하게 할 필요가 있습니다.**

처음에 나의 영역까지 넘어온 것을 아무런 생각 없이 수용한다면 상대방은 마음속으로 '아, 여기까지는 해도 되는구나!'라고 생각하고 태도를 굳히게 될 것이며 다음에도 그렇게 하게 될 것입니다. 한 번 태도가 형성된 후에는 그것을 바꾸기가 매우 어렵습니다.

따라서 맨 처음 나의 영역으로 침범하면 나의 생각과 감정을 분명하게 전달해야 합니다. 나의 생각과 감정을 전달할 때는 흔히 'I message 전달법'으로 잘 알려진 '나 중심 말하기'가 좋습니다. 나의 생각과 감정을 분명하게 전달하지만 가능한 상대방의 기분이 덜 상하도록 하는 방법입니다. 다음의 예시를 볼까요?

[상대방 중심 말하기]

"희정 씨는 왜 그래요? 내 자리를 뺏고 싶어요? 보조 진행자가 왜 메인 진행자의 멘트를 치고 나가죠? 자신의 역할을 모르나 봐, 웃겨 정말!"

이 말하기는 이렇게 구성되어 있습니다.

이유 추궁 + 상대방 의도 추측 + 상대방 잘못 + 상대방 비난

[상대방 중심 말하기]는 상대에 대한 추궁과 상대방의 나쁜 의도를 추측하고 상대방 잘못을 적시하며 상대방을 비난하는 형태로 구성되어 있습니다. 이 말을 듣는 상대는 자신이 비난 받았다는 생각으로 기분이 나쁘게 되며, 변명이나 반격하는 방법을 생각하게 될 것입니다.

이렇게 말한다면 두 사람은 적대적 관계가 될 가능성이 매우 높습니다. 마음속으로는 서로를 미워하게 되고 다른 사람들에게 험담을 하고 단점을 퍼뜨리는 안 좋은 사이가 될 수 있습니다.

[나 중심 말하기]

"희정 씨, 나는 프로그램의 메인 진행자 역할을 잘하고 싶어요. 내 멘트를 희정 씨가 하니까 제가 못난 것 같아 기분이 매우 나빴어요. 메인 진행자로서의 나의 멘트는 지켜주면 좋겠어요."

나 중심 말하기는 이렇게 구성되어 있습니다.

나의 바람 + 나의 피해, 감정 + 내가 바라는 구체적 행동

위에서 나타나듯 (나 중심 말하기)는 나의 바람과 내가 받고 있는 피해와 나의 감정을 알리고, 내가 상대방에게 구체적으로 무엇을 원하는지를 말해주고 있습니다.

'상대방 중심 말하기'와 '나 중심 말하기'의 차이점을 비교 분석해보면 다음과 같습니다.

① '상대방 중심 말하기'는 상대방의 생각, 의도, 잘못 등을 말해야 하므로 추측할 수밖에 없습니다. 상대방이 아니라고 반박할 기회를 제공합니다. 내 생각이 아니라 상대방 생각이므로 정확하게 알 수가 없기 때문입니다. 반대로 '나 중심 말하기'는 내 생각과 감정, 바람을 말하기 때문에 정확합니다. 상대방이 반박할 수 없습니다.

② '상대방 중심 말하기'는 상대방의 잘못된 점을 지적해야 합니다. 남에게 잘못을 지적당하면 어떤 사람이라도 기분이 상하게 됩니다. 그러므로 감정 대립으로 흐르기 쉽습니다. 반면, '나 중심 말하기'는 상대방의 잘못보다 나의 피해와 감정, 바람을 말하기 때문에 상대는 기분이 나쁘기보다 자신으로 인하여 다른 사람이 피해를 본다는 생각이 먼저 떠오릅니다. 따라서 감정 대립보다는 자신을 성찰하게 되는 경우가 많습니다.

③ '상대방 중심 말하기'는 상대방의 잘못을 강조하는 대신 정작 본인이 원하는 구체적인 내용을 전달하기가 어렵습니다. 반면 '나 중심 말하기'는 내가 무엇을 원하는지 구체적으로 전달할 수 있는 장점이 있습니다.

이런 이유로 '나 중심 말하기'로 말한다면 나의 생각과 감정을 잘 전달하게 되고 상대방은 자신이 비난받았다는 생각보다는 자신 때문에 누군가 피해를 입었다는 느낌을 가지게 됩니다. 상대방은 행동을 수정할 가능성이 훨씬 높아질 것입니다. 물론 감정을 상하는 일도 더 적어질 것입니다.

[합리적 통합_사례4]

건강을 선택하다 (금연수기)

'금연결심'은 흡연자라면 누구나 겪는 매우 이겨내기 어려운 갈등의 하나입니다. 많은 흡연자들은 매년 초에 올해는 금연을 반드시 하겠다고 결심하지만 작심삼일이 되거나 며칠 지나지 않아 담배의 유혹을 이기지 못하고 좀 더 나이가 들면 끊겠다는 또 다시 기약 없는 약속을 하고 항복을 하게 됩니다.

필자는 20세 전후로 흡연을 시작하여 매일 한 갑 이상 35년 넘게 계속 흡연을 해왔으며 중간에 여러 번 금연을 시도하였으나 모두 실패를 하였습니다. 그러다가 이 책을 집필하며 흡연과 금연을 마음의 갈등인 '다름과 통합'의 시각으로 보게 되었으며, 합리적인 방법으로 통합을 시도하여 금연을 실천하게 되었습니다.

아래의 글은 필자가 직접 체험한 금연수기이며 방법은 **'합리적 통합'**입니다. 금연을 해야 하는 분들이나 가족의 금연을 도와주어야 하는 분들은 저의 경험을 참고하시면 많은 도움이 될 것이라 확신하며 글을 쓰게 되었습니다.

금연을 고민하게 된 동기

저는 만 4년 전에 대장암을 수술하고 매 6개월마다 정기적인 CT검사 등 정밀 검사를 받아 왔습니다. 이번 정기검사를 받은 후 종양내과 의사선생님과 얘기를 하던 중에, 폐의 사진이 조금 이상하다며 호흡기내과 전문의 선생님을 만나보라고 하셔서 호흡기 내과 상담을 하게 되었습니다.

필자 : 안녕하십니까? 교수님, 오랜만에 반갑습니다.

전문의 : 음, 사진을 한 번 살펴볼까요?

필자 : (잔뜩 기가 죽어 기다린다.)

전문의 : 특별한 이상은 없는데... 담배를 끊었다고 하셨죠?

필자 : 그게, 줄여서 아주 적게요.

전문의 : 적게 얼마나요?

필자 : 하루에 5개 정도.

전문의 : 10개비겠죠?

필자 : 5개에서 10개 사이 정도.

전문의 : 꼭 끊으셔야 합니다. 지금 이상이 없지만 20년 후에 반드시 이상이 생길 겁니다. 자, 여기에 4년 전에 찍은 폐 사진과 이번에 찍은 사진을 자세히 보세요. 차이가 있지요?

필자 : 비슷하게 보이는데요?

전문의 : 자세히 보세요. 이 부분! 검은 부분, 사진으로 희게 보이는 부분, 이번 사진이 좀 더 검게 보이죠?

필자 : 비슷하게 보이는데요.

전문의 : 자, 이번 것과 지난해 것은 차이가 없지요? 지난해 것과 3년 전 사진도 별로 차이가 없지요?

필자 : 예.

전문의 : 3년 전과 4년 전을 보세요.

필자 : 그것도 별로 차이가 없는데요.

전문의 : 그럼 4년 전 사진과 이번 사진을 비교해 보세요.

필자 : 거의 같은데요. 아주 조금 차이가 있네요.

전문의 : 그렇게 아주 조금이 10년, 20년 후에 수술을 해야 되고 어쩌면 고칠 수 없게 될지도 모르는 겁니다. 지난 번 대장암 걸려서 고생하셨지요?

필자 : 예.

전문의 : 폐암도 걸리고 싶으세요?

필자 : 아니요.

전문의 : 쉽게 얘기하면 대장암이 걸린 것은 재수가 없어서 걸린 것인데, 흡연을 계속해서 폐암이 걸린다면 그것은 본인의 선택으로 걸린 것이 됩니다. 아까 반갑다고 하셨죠? 의사는 반가우면 안 돼요. 의사는 가능한 만나지 않는 것이 좋습니다.

필자 : 알겠습니다. 감사합니다.

전문의 : 6개월 후에 또 검사 있지요? 그때까지 담배를 꼭 끊고 만나야 돼요?

필자: 알겠습니다, 교수님. 감사합니다.

지난번에도 담배를 끊겠다고 약속을 하였지만 그것은 건성으로 대답한 것이었고, 이번에 의사선생님이 물으시니 그냥 알겠다고 대답한 것이었습니다. 그런데, 이번에는 "폐암은 본인의 선택"이라는 의사선생님의 말씀이 귓가에 맴돌았습니다.

검은 늑대와 하얀 늑대의 갈등

나의 마음속에는 쾌락을 좋아하고 늘 노는 것을 좋아하는 검은 늑대와 도덕적이고 성실하게 살라고 잔소리를 해대는 하얀 늑대가 있습니다. 검은 늑대와 하얀 늑대는 의견이 다를 때가 많고, 자기들의 주장이 강해 갈등을 일으키는 경우가 많습니다. 이번 경우에도 흡연을 너무나 좋아하고 분위기를 즐기는 검은 늑대와 폐암에 걸릴까 봐 늘 걱정을 하는 하얀 늑대가 서로 다른 의견을 놓고 싸우고 있습니다.

차를 타고 집으로 돌아오는 길에 깊은 고민을 하게 되었습니다. 사실 한 달 전에 호흡기 내과 검사를 예약하고부터 걱정을 많이 하고 있었습니다. 4년 전에도 의사선생님께서 담배를 끊지 않으면 시간이 문제이지 폐암에 걸리기 쉽다는 말씀을 하셨기 때문에 내심 겁을 먹고 있었고, 내 마음속의 하얀 늑대는 '혹시 그동안 폐가 많이 나빠졌다면 이제는 어쩔 수 없이 담배를 끊어야겠지'라는 생각을 해왔습니다.

그런데 막상 검사의 결과를 보니까 폐가 그렇게 나빠진 것으로 나오지 않았습니다. 그러자 검은 늑대가 재빨리 나와서 "폐가 나빠진 것도 아니네 뭐. 담배를 끊으면 무슨 낙으로 살려고 하는데? 몇 년 더 피우다가 끊어도 충분히 가능해. 담배가 얼마나 스트레스 해소에 도움이 되는 건데… 오히려 건강에 도움이 될 거야."라고 말했습니다.

사실 나에게 담배는 스스로에게 주는 일종의 보상역할을 해왔습니다. 어려운 문제를 처리하고 난 후에나 숙제를 한 뒤에 피우는 담배는 정말 꿀맛보다 더 맛있는 것이었습니다.

그리고 어떤 사람이 나를 기분 나쁘게 하거나, 심심할 때 담배는 나의 친구의 역할을 톡톡히 해왔던 것입니다. 금연을 하는 것은 아니, 담배와 헤어지는 것은 내게는 어쩌면 실연보다 더한 상실감을 주는 것으로 생각되었습니다.

언제부터인지 모르지만 나라에서 금연정책을 강하게 밀어붙여 담뱃값을 2배나 올리고, 담뱃갑에 보기에 흉한 그림을 의무적으로 붙이게 하고, 금연구역을 곳곳에 만들고, 흡연자들을 거의 다 죄인 취급할 때에도, 마음의 검은 늑대는 보건복지부의 엉터리 통계와 10조가 넘는 담뱃세를 올리려는 꼼수 정책이라고 비판하고, 흡연자들을 위한 복지 정책에는 담배세의 0.3%도 쓰지 않는다고 담배정책을 비판하고 다녔습니다.

3년 전 제가 초등학교 교장으로 승진하였을 때도 학교의 직원들 몰래 담배를 피우기 위하여 점심시간에 학구 내의 위험지구 시찰을 일부러 매일 나가기도 하였습니다.

그렇게도 단단했던 담배에 대한 나의 사랑은 의사선생님의 "앞으로 폐암이 걸리면 그것은 본인이 선택한 일입니다."라는 한마디에 흔들리고 있었습니다. 그 말은 나도 인정하지 않을 수가 없는 과학적인 근거를 바탕으로 한 당연한 말이었으며, 평소 내가 언제나 강조했던 합리적인 사고였기 때문이었습니다.

금연상담을 하러 보건소에 가다

나는 자신이 없었지만 보건소를 찾아가 보기로 하였습니다. 일단은 보건소에 가서 이야기를 들어보자는 쪽으로 사실상 결정을 미루었습니다. 많은 생각을 하는 동안에 차는 울주군보건소 주차장에 도착하였습니다.

필자 : 실례합니다. 금연 상담을 받으러 왔습니다.

간호사 : 아, 그러세요? 본인이 금연하실 분인가요?

필자 : 예, 금연을 해볼까 고민하고 있습니다.

간호사 : 잘 오셨습니다. 어떤 도움이 필요하신가요?

필자 : 예, 금연패치를 하면 흡연욕구가 줄어드나요?

간호사 : 그럼요. 금연 패치를 붙이시면 흡연한 것과 똑같이 몸에 니코틴을 공급합니다. 흡연하는 것과 같습니다.

필자 : 아, 예.

간호사 : 금연을 하게 되면 금단현상이 생기는데 금연패치를 붙이면 대부분의 사람은 금단현상과 흡연욕구를 줄일 수 있어 효과가 좋은 편입니다.

필자 : 얼마 동안 붙이게 되나요?

간호사 : 보통은 8주를 붙이고 금연을 하시고 성공적으로 잘되면 적은 용량으로 바꾸고 4주 정도를 더 합니다. 사람에 따라서 다르게 적용할 수 있습니다. 우리 보건소에서 매주 한 번씩 상담을 하고 6개월간 관리를 해드립니다. 물론 금연패치와 금연껌을 무료로 드리고 있습니다.

필자 : 예 알겠습니다.

간호사 : 일산화탄소량을 한 번 재어보죠.

필자 : 그것이 무엇입니까?

간호사 : 이건 음주측정기와 비슷한 흡연측정기입니다. 호흡 속에 일산화탄소가 얼마나 많은지 알 수 있는 겁니다. 불어보세요.

필자 : 예. 후~~

간호사 : 더더더... 됐습니다. 12가 나왔네요. 하루에 반 갑 넘게 피우셨지요?

필자 : 거참! 음주 측정과 비슷하네요.

간호사 : 앞으로 금연하시면 이 숫자가 점점 줄어들어서 나중에는 수치가 0이 될 겁니다. 그러면 폐 속에 일산화탄소가 없다는 뜻이에요.

필자: 아, 예.

간호사: 우리 보건소의 금연 클리닉에 동의하신다면 여기에 필요한 사항을 적어 주세요. 그러면 저희들이 약 6개월 동안 관리를 해드릴 것입니다. 일주일 뒤에 문자를 보낼 겁니다. 그 때 오셔서 상담을 하고 패치도 받아 가시면 됩니다.

 금연을 결심하다

나는 밖으로 나와 차 안에 앉아 생각을 하게 되었습니다.

하얀 늑대가 말했습니다.

'잘했어, 이렇게 시작한 김에 이번에 금연을 하는 거야'

'계속 흡연을 하면 10년, 20년 뒤에 폐가 안 좋아져서 수술을 해야 하고 돈 들고 힘들잖아. 이번이 기회다.'

나는 의사선생님의 말과 나의 생각을 정리하여 휴대전화의 메모장에 기록을 하였습니다. 지금의 결심을 잊거나 의지가 약해지면 볼 수 있도록 하였습니다. 그리하여 다음과 같은 주문을 만들었습니다.

주문 : 처음처럼 (항상 같은 마음을)

1. "40년 쓰려면 깨끗하게 해야겠죠?" (의대 교수님 말씀)
2. "4년간 비교하니까 차이가 있죠?" (의대 교수님 말씀)
3. "흡연으로 인한 폐암은 자기가 선택한 것" (의대 교수님 말씀)
4. '담배 피워봤자 10모금이면 끝이잖아!' (담배 쾌락은 잠깐)
5. '의사 선생님, 많이 깨끗해졌죠?' (6개월 후 나의 자랑 예정)
6. '몇 년 후 다시 수술 고민을 해야 좋겠니?' (하얀 늑대의 생각)
7. '운 좋게 폐를 지킬 수 있는 기회이다.' (하얀 늑대의 생각)
8. '서인수, 합리적으로 건강한 폐를 선택하다' (하얀 늑대의 선택)

달콤한 유혹은 물리치기 어려운 일

집으로 돌아와 나는 보건소에서 준 주의사항을 읽어보고, 금연패치 하나를 허벅지 바깥쪽에 붙였습니다. 금연패치는 세 종류로서 니코틴엘 10, 20, 30이 있는데 나는 20을 선택하였습니다. 20은 1회에 니코틴 35mg의 용량인데 하루에 한 갑 정도의 담배를 피우는 사람에게 적당한 것이라고 하였습니다. 나는 하루에 담배 반 갑을 피우지만 혹시 금단현상이 있을까봐 니코틴엘20을 받았습니다.

저녁식사를 하며 아내에게 오늘 병원과 보건소에 갔던 일들을 이야기 하고 이제 금연을 해볼 생각이라고 말했습니다. 아내는 아주 환영하는 일이라고 하면서도

"금연한다고 스트레스를 받으면 건강에 더 해로우니 힘이 들면 너무 무리하게 하지 마세요."

아내의 속 깊은 격려의 말이 고마웠습니다.

저녁 식사 후가 문제였습니다.

검은 늑대는 식사 후에 딱 한 대만 피우는 것으로 규칙을 정하자고 속삭이고 있었습니다. 오래전부터 흡연자들이 항상 말하였던 "식후 불연초면 소화불량이라"는 말을 나도 늘 했던 터라 검은 늑대의 유혹에 마음이 흔들리고 있었습니다.

억지로 참고 있으려니 담배를 피우지 않으면 소화가 안 될 것 같고, 저녁식사 후의 흡연은 하루를 마무리하는 의미로 '오늘도 열심히 살았구나! 수고했다.'하고 내게 주는 보상인데 그게 없으면 살아가는 낙이 없어지는 것 같아서 흡연욕구를 참을 수가 없었습니다.

검은 늑대의 유혹에 흔들리는 마음을 보고 나는 낮에 폰에 적어 두었던 주문을 읽었습니다. 그 순간에 아주 멋진 생각이 머리를 스쳤습니다.

'나는 지금 니코틴 패치를 붙여서 내 몸 속에 니코틴이 부족한 것이 아니다. 단지 흡연을 하던 쾌락이 습관이 되어 그 습관이 그리운 것이다. 그렇다면 습관을 그대로 해주면 되지 않겠는가!'

정말 기발한 생각이었고 합리적인 통찰이었습니다.

나는 베란다로 나가 평소에 사용하던 흡연 테이블 의자에 앉아서 담배를 물었습니다. 그리고 평소 하던 것처럼 담배를 피우기 시작하였습니다. 다만 불을 붙이지 않았습니다.

비록 불은 붙이지 않았지만 연기를 마시는 것처럼 담배를 통해 공기를 마시니까, 내가 진짜 담배를 피우는지 가짜로 담배를 피우는지 모르는 것 같았습니다. 10회 정도 흡연을 한 후에는 흡연욕구가 사라졌습니다.

나는 이것을 '흡연의식!'이라고 이름을 붙였습니다.

나의 이런 행동을 보고 있던 아내는

"당신은 참 특이한 분이에요. 스스로 그런 기발한 생각을 하는 사람은 세상에 없을 거예요."하고 칭찬 같은 응원을 하였습니다.

아내는 오이를 깎아서 거실의 소파 테이블에 올려놓고

"입이 심심하면 오이를 드시면 좋을 거예요."말했습니다.

첫날 저녁은 흡연의식과 아내가 준 오이를 씹으며 흡연의 유혹을 물리치고 무사히 지나갔습니다.

7일간의 전투

금연 2일째, 뿌리칠 수 없는 유혹은 계속되었습니다.

아침식사 후에 오늘 하루를 계획하며 잠시 행복한 시간을 갖던 흡연의 타임이 없어지고 난 후 정신이 멍할 때가 종종 있었습니다. 점심식사 후에 교문 밖에 나가 위험지구 순시를 하고 아무도 없는 곳에 차를 세워서 나만의 잔잔한 행복을 누리던 시간도 사라졌습니다. 저녁식사 후에는 하루를 뒤돌아보며 오늘도 열심히 살아서 수고했다며 스스로에게 칭찬하고 보상하였던 흡연시간이 없어지고는 순간순간 무엇을 하여야 할지 몰라서 방황하는 나를 발견하곤 하였습니다.

검은 늑대는 그 시간들을 그리워하며 속삭였습니다.

'한 번만 피우고 내일부터 안 피우면 되지 않을까? 한 번 피운 것이 표시가 나겠어?'

그러나 큰 둑이 무너지는 것은 작은 쥐구멍에서 시작된다는 이야기가 기억났습니다. 일단 성벽이 무너지기 시작하면 성 전체가 무너지는 것은 순식간이라는 것을 나는 잘 알고 있었습니다. 마음이 흔들릴 때마다 금연주문을 읽고 금연을 결심할 때의 마음과 느낌을 기억하려고 노력하였습니다.

드디어 금연 일주일이 되는 날

필자 : 안녕하세요? 금연 상담으로 왔습니다.

상담선생님 : 오늘 처음이세요?

필자 : 아닙니다. 두 번째입니다.

상담선생님 : 아, 그러세요? 앉으세요.

필자 : 감사합니다. 지난주에 박 선생님이셨는데 바뀌었네요. 선생님 성함을 여쭈어도 될까요?

상담선생님 : 예, 저는 정△△입니다.

필자 : 아, 예. 정 선생님 반갑습니다.

정 : 어땠습니까?

필자 : 예, 일주일 동안 어렵게 이겨냈습니다.

정 : 단 한 번도 흡연을 안 하셨다는 말씀입니까?

필자 : 예.

정 : 한 번 측정을 해 볼까요? 불어 보십시오.

필자 : 예, 후~~~

정 : 예 됐습니다. 와우! 수고하셨습니다. 여기를 보세요.

필자 : 어? 0입니까?

정 : 예, 일주일 동안 흡연을 하지 않으셔서 폐 속에 있었던 일산화탄소가 모두 빠져 나가서 0이 되었습니다. 지난주에는 수치가 12였었죠? 일주일 만에 제로가 되었습니다. 이제 폐에 일산화탄소가 남아있지 않습니다. 하지만 몇십 년 동안의 흡연으로 생긴 그을음이 아직 남아있습니다. 계속해서 금연하시면 깨끗하게 지워집니다.

필자 : 감사합니다.

정 : 대단하십니다. 결심을 단단히 하셨나 봅니다.

필자 : 아닙니다.

정 : 그냥 참았나요? 선생님만의 특별한 방법을 썼나요?

필자 : 아, 예, 저만의 신비한 주문이 있습니다.

정 : 어떻게 하셨습니까?

필자 : 예, 일주일 전에 금연을 결심할 때의 제 마음을 메모해둔 것이 있습니다.

정 : 아… 그러셨군요. 정말 좋은 방법입니다. 초심을 계속 기억하는 방법을 사용하셨군요.

필자 : 또 하나는 '흡연의식'을 하였습니다.

정 : 흡연의식이라고요? 어떻게 하는 것입니까?

필자 : 참다가 참지 못하면 베란다에 나가서 담배를 물고… 담배를 피웠습니다.

정 : 담배를 피웠다고요? 아까 수치가 0이 나왔는데요?

필자 : 예, 담배를 피웠죠. 단 불을 붙이지는 않았지요.

정 : 아, 불을 안 붙인 담배를 피웠다고요?

필자 : 예, 지금까지 흡연하던 습관대로 똑같이 했었죠. 그러니까 멍청한 제 몸이 그게 불이 있는지 없는지 구분을 잘 못하는 것 같았습니다.

정 : 아, 예~

필자 : 그렇게 대략 약 10모금 빈 담배를 피운 후에 담배를 피우고 싶은 생각이 사라졌어요. 몸이 담배를 피웠다고 인식하나 봐요.

정 : 정말 좋은 방법을 개발하셨군요. 특허를 내셔야겠어요.

필자 : 그럴까요? 하하하

정 : 유혹이 심하지는 않았나요?

필자 : 심하게 유혹을 했지요. 까딱했으면 넘어갈 뻔 했지요.

정 : 그런 유혹을 이겨내시는 걸 보면 대단하세요.

필자 : 과찬입니다. 그럼, 다음 일주일분 패치를 얻을 수 있을까요?

정 : 그럼요. 여기 있습니다. 패치, 무설탕 목캔디.

필자 : 고맙습니다. 보건소의 선생님들께서 응원해주시니까 금연에 힘이 많이 됩니다.

정 : 일주일 후에 문자를 보내겠습니다. 그 때 또 뵙겠습니다.

필자 : 예, 감사합니다.

누군가가 나의 일에 이렇게 관심을 가져주고 조그만 성과에도 칭찬을 아끼지 않고 응원해주는 것이 정말로 고맙게 느껴졌고 힘이 되었습니다. 보건소 선생님께 진심으로 감사한 마음이 들었습니다.

이 글을 쓰는 오늘이 금연 6개월째입니다. 이제 담배를 피우지 않는 것이 거의 습관화가 되어 가는 것 같습니다.

제가 금연을 계획하고 실천한 것을 심리치료 기법으로 보면 '인지행동치료'와 '약물치료'를 병행한 방법이라고 할 수 있습니다.

흡연을 하면 건강에 해롭다는 것과 20년 후에 폐암이 걸려 수술을 해야 한다는 생각이 막연한 추측이 아니라 합리적인 추론이라는 것을 인식하게 하였고, 금연주문을 만들어 금연을 시작한 동기와 이유를 매일 학습하도록 한 것이 인지의 요소에 해당된다고 할 수 있습니다.

인지적인 요인은 제가 금연을 반드시 해야 하는 동기를 계속적으로 유지하는 역할을 하였다고 봅니다.

매일 패치를 붙여서 생리적인 니코틴 금단현상을 최저수준으로 유지할 수 있었던 것은 약물치료의 효과라고 할 수 있을 것입니다. 그리고 매일 매일 금연을 실천하고 매주 보건소에 가서 간호사 선생님께 자랑하고 칭찬을 받고 성공 기록을 남기는 것은 행동주의의 강화의 효과를 위한 것이라고 할 수 있습니다.

이렇게 인지적 요소와 행동주의적 요소, 생리적인 약물효과의 공동작전으로 나의 금연은 지금까지 성공이라고 할 수 있습니다. 금연이 필요하신 분은 저와 같은 방법을 사용해 보실 것을 권해 드립니다.

반드시 성공하시게 될 것입니다.

《 쉼터 》 호랑이와 고라니는 누가 강할까?

많은 사람들은 호랑이가 되고 싶어 합니다. 호랑이가 고라니보다 세기 때문입니다. 호랑이는 고라니보다 크고 싸움을 잘하며 멋있습니다. 고라니는 호랑이를 보게 되면 무서워하며 도망을 가야만 생존을 보장할 수 있습니다. 사람들은 호랑이는 좋고 높고 강하다고 생각합니다.

사람들은 갈등 상황에서도 호랑이가 되고 싶어 합니다. 상대방에게 큰소리를 치고 싶고, 상대방이 꼬리를 내리고 도망을 가거나 저자세로 용서를 빌기를 바랍니다.

대인관계에 있어서 대부분은 자신이 호랑이가 되기를 원하기 때문에 '마음의 불편함'이 발생합니다.

마음이 불편한 것은 자신이 호랑이가 아닌데 호랑이가 되기를 원하기 때문입니다. 호랑이가 되려면 고라니보다 몸집이 훨씬 더 크고, 힘이 더 세며, 싸움도 더 잘해야 합니다. 그러나 현실에서는 자신은 힘도 더 세지 않고 싸움 실력도 그저 그런 고라니인데 호랑이가 되기를 원하므로 불일치가 일어납니다. 마음이 원하는 바와 현실이 차이가 크면 클수록 행복지수는 낮아지므로 더 불행하게 느껴지는 것입니다. 그러니 마음의 불편함이 생길 수밖에 없지요.

마음이 불편한 또 다른 이유는 호랑이를 고라니와 비교하여 언제나 호랑이가 승리한다고 생각하는 인지오류가 있어 마음의 불편함이 생긴다고 할 수 있습니다.

승자와 패자를 판단하는 방법은 여러 가지가 있지만, 가장 쉬운 방법은 살아남는 것은 승자이고 죽어 없어지는 것을 패자라고 할 수 있습니다. 호랑이와 고라니가 싸우면 고라니가 도망가는 것은 맞는 말이지만, 그러면 호랑이는 모두 살아남았고 고라니는 모두 죽었을까요?

지금 한반도에는 호랑이가 몇 마리나 살아있을까요? 동물원에 갇혀 인간에게 식량을 받아먹고 있는 호랑이를 제외하면 산속에 호랑이가 한 마리라도 남아있을까요?

그럼 고라니는 몇 마리나 살고 있을까요? 전국 어디를 막론하고 고라니가 없는 곳이 없을 정도로 많아 농작물 피해가 극심하다는 뉴스가 나오는 것이 현실입니다.

어떻습니까? 호랑이와 고라니는 누가 더 강할까요?

거래적 통합

사람과 사람의 관계에서 갈등을 자세히 살펴보면 서로가 '내가 당신한테 얼마나 잘해주었는데 그것을 몰라준다. 그것이 억울하다.'라는 마음이 많이 있습니다.

우리는 다른 사람과의 관계에서 언제나 말, 돈, 물건, 노동, 감정, 마음, 시간 등 무엇인가를 주고받습니다.

보통은 주고받는 가치가 비슷하게 형성되는데 대부분의 사람들은 자기 자신이 더 많이 주었다는 생각을 가지고 있습니다. 이렇게 불공평하다는 억울한 생각이 마음속에 있으면 '불편한 마음'이 됩니다. 이럴 때에 정말로 내가 준 것이 많은지 내가 정말로 억울한 것인지 헤아려보는 것이 문제를 해결하는 좋은 방법이 될 수 있습니다.

'거래적 통합'은 주고받는 것을 헤아려 억울하게 생각되면 그것을 표현하여 공정한 거래가 되도록 해서 마음속의 불편함이 없도록 하는 통합 방법입니다. 다음 예시에서 사람들 간에 가고 오는 것을 잘 살펴보며 거래적 통합을 알아봅시다.

마트 주인과 거래

다솔이는 O마트에 시장을 보러 갔습니다. 1만원으로 시금치와 소시지를 사고, 2만원으로 사과와 귤을 샀습니다.

다솔, 나간 것 (간 것, 去)	돈 (3만원)
다솔, 들어온 것 (온 것, 來)	시금치, 소시지, 사과, 귤
마트주인, 나간 것 (간 것, 去)	시금치, 소시지, 사과, 귤
마트주인, 들어온 것 (온 것, 來)	돈 (3만원)

다솔이와 마트 주인은 거래를 하였습니다. 다솔이는 찬거리와 과일을 사서 기분이 좋았습니다. 마트 주인은 물건을 팔고 돈을 벌어 기분이 좋았습니다. 우리는 거래를 하고 서로 이익을 얻고 있습니다.

보일러 수리공과 거래

별이네 집에 보일러가 고장이 나서 사람을 불러서 고쳤습니다. 비용이 모두 7만원이 들었습니다.

별이가 준 것 (간 것, 去)	돈 (7만원)
별이가 받은 것 (온 것, 來)	보일러가 잘 돌아가서 방이 따뜻함
수리공이 준 것 (간 것, 去)	기술, 시간, 노동, 재료
수리공이 받은 것 (온 것, 來)	돈 (7만원)

[거래적 통합_사례1]

친구 사귀기에서 거래

별이는 입학한 지 약 일주일 되는 남자 고등학생입니다. 같은 중학교에서 온 학생이 없어서 친구가 단 한 명도 없습니다. 중학교 에서도 친구를 사귀기가 어려워 몇 명의 아주 친한 친구만 가깝게 지냈습니다. 별이는 어머니께 학교를 다니기 싫다고 얘기를 해보았지만 아무런 소용없었습니다. 점심때 혼자 밥을 먹는 것이 제일 싫었습니다.

그날도 점심식사 후에 심심해서 혼자 새우깡을 하나 사서 계단에 앉아 먹고 있었습니다. 그때, 같은 반으로 보이는 남학생이 가까이 걸어 오고 있었습니다. 별이는 아무런 생각 없이

"먹을래?"

하고 새우깡을 통째로 그 친구에게 내밀었습니다.

"전부 주는 거야?"

별이는 대답 대신 고개를 끄덕였습니다.

그 친구는 반쯤 남은 새우깡을 받아들고 별이 옆에 앉아 새우깡을 먹었습니다. 그러다 별이에게 말을 걸었습니다.

"너는 어느 중학교에서 왔니?"

"응, 범서중학교."

"몇 명이나 왔어?"

"나 혼자."

"그렇구나! 나는 구영중학교를 졸업했는데 나도 혼자만 왔어. 우리 친구 할래?"

"응, 그래."

이렇게 별이는 어렵게 친구 하나를 사귈 수 있었습니다.

"엄마, 엄마!"

별이는 집에 돌아와 호들갑스럽게 엄마를 불렀습니다.

"응, 학교 갔다 왔어?"

"응, 엄마! 오늘 친구 하나 사귀었어."

"그래? 잘됐구나! 어떻게 사귀었어?

"응, 새우깡 주고 사귀었어."

"뭐?"

"앞으로 그 친구와 잘 지낼 거야!"

별이는 기분이 매우 좋았습니다. 별이는 혼자만이 아는 것 같은 큰 지혜 하나를 깨달았습니다. 그건 무엇인가를 먼저 줘야 친구를 사귈 수 있다는 사실이었습니다.

별이가 준 것 (간 것, 去)	새우깡 1/2 봉지
별이가 받은 것 (온 것, 來)	친구를 사귐

수줍음이 많은 별이가 친구를 사귈 수 있어서 참으로 다행이라고 생각이 듭니다. 별이는 낯선 친구에게 무심코 새우깡을 준 자신의 행동이 친구를 얻게 되었다는 놀라운 사실을 우연한 경험으로 깨달았습니다. 지금까지는 친구 사귀기가 무척 어려웠는데 이제 자신감이 마구 생겨나는 것 같았습니다.

[거래적 통합_사례2]

부모와 자녀의 거래

부모님과 자녀와의 관계는 세상에서 가장 가까운 관계입니다. 그럼 부모님과 자녀 사이에는 무엇이 가고 오는 것일까요?

부모님이 준 것 (간 것, 去)	생명, 지혜, 뼈, 보호, 젖, 음식, 가르침, 사랑, 교육비, 의복, 용돈, 간식, 생활비, 관심, 습관, 예절, 용기, 격려, 시간, 자립하도록 함.
부모님이 받는 것 (온 것, 來)	자녀성장, 자녀기능(앉기, 걷기), 자녀미소, 자녀성취(학업, 취업), 생명의 연속, 자녀가 주는 용돈, 보람, 뿌듯함.
자녀가 주는 것 (간 것, 去)	성장의 기쁨, 미소, 존경, 효도(존재와 성장에 대한 감사)
자녀가 받은 것 (온 것, 來)	생명, 지혜, 뼈, 보호, 젖, 음식, 가르침, 사랑, 교육비, 의복, 용돈, 간식, 생활비, 관심, 습관, 예절, 용기, 격려,부모의 시간(인생)

사람들이 지금까지 성장하면서 부모님께 받아온 사랑과 도움은 당연한 것으로 느끼고, 고마움이나 소중함을 잘 느끼지 못하는 경우가 많습니다. 우리 생명을 유지하는 데 반드시 필요한 물과 공기의 고마움을 잘 느끼지 못하는 것과 같이 자연스러운 일이라서 그런 것 같습니다.

자녀들이 성장한 후에, 낳아주시고 길러주신 부모님의 은혜를 보답하기 위하여 생활비를 보내드리거나 명절에 용돈을 드리는 모습들을 많이 봅니다. 참으로 아름답고 정겨운 모습이라고 할 수 있습니다. 그렇지만 생활비나 용돈을 드리는 것은 앞에서 분류한 항목에서 '돈'에 해당되는 것입니다. 물론 부모님도 용돈을 참 좋아하시지만 더욱더 기분이 좋은 것은 '마음'이라고 할 수 있습니다. 전화를 자주 드린다든지 명절에 찾아뵙고 부모님이 좋아하시는 음식을 드리면서 대화를 나누는 것도 효도라고 할 수 있습니다.

가장 가치 있는 효도는 마음이겠지만 실제로 나타나는 행동으로는 '시간'을 드리는 것이라고 말할 수 있습니다. 시간이라는 것은 모아지면 사람의 인생이 되는 것이고, 행복을 담을 수 있는 그릇이라고 할 수 있습니다. 그러나 항상 바쁜 젊은 사람들이 부모님 옆에 앉아서 지루하게 반복되는 부모님의 걱정과 말씀을 들어드리는 일은 결코 쉬운 일은 아닐 것입니다.

간혹 어떤 부모님들은 '내가 너희들을 지금까지 키우고 공부를 시켰으니 너희들은 나에게 효도를 해야 한다.'고 생각하시는 분들이 있습니다. 물론 그것은 틀린 말씀은 아닙니다. 그러나 '효도'의 의미를 더 깊이 생각해본다면 '내 자녀는 나의 소유물이다.'라는 의미나 '아들은 내가 가장 잘 아니까 내가 시키는 대로 하는 것이 효도이다.'라고 하여서는 올바른 효도의 의미가 아닐 것입니다.

효孝의 의미는 먼저 효의 뜻이 '본받다'의 뜻이므로 '부모님의 마음과 행동을 따라하여 살아가는 지혜를 배워 잘 살아가다.'라는 의미가 있습니다. 궁극적으로 생존을 유지하는 것이 가장 큰 효도가 됩니다. 그리하여 효도는 부모님이 주신 생명을 세대의 순환을 통해 영원히 살아가는 것을 의미합니다. 모든 생물이 본능적으로 짝짓기를 하고 번식을 하는 것은 유한한 생명의 한계를 넘어서는 유일한 방법이기 때문입니다. 사실 이것으로 부모는 자녀에게 모든 효도를 이미 받았다고 말할 수 있습니다.

그 근거는 자연에서 동물의 살아가는 모습을 살펴보면 알 수 있습니다. 동물 세계에서 동물은 모든 것을 바쳐서 새끼를 낳고 기릅니다. 이들의 모성애나 부성애는 사람의 그것을 훨씬 넘어서는 모습을 보일 때도 있습니다. 가령, 연어의 번식을 살펴보면, 오직 번식을 위해 머나먼 바다에서 갖가지 어려움을 뚫고 자기가 태어난 고향인 강의 상류까지 올라옵니다.

연어는 짝을 만나 알을 낳을 자리를 만들어 알을 낳고, 새끼들이 잘살 수 있는 환경을 만드는 데 모든 힘을 다 쏟고는 그 자리에서 생을 장렬히 마감합니다. 물론 모든 동물이 연어와 똑같이 번식하지는 않습니다.

하지만 대부분의 동물들은 연어와 같이 정성을 다하여 새끼를 낳고, 힘들게 훈련시켜서 새끼가 자립을 시작하게 되면 정말 가혹할 정도의 다른 모습으로 새끼를 대하며 냉정하게 삶의 터전인 자연으로 보냅니다. 어쩌면 동물들은 새끼를 낳고 기르는 데 인간보다도 더 정성을 쏟고는 오직 내가 새끼를 자립시켰다는 자부심 하나만을 갖고 어떤 대가도 바라지 않는 모습입니다. 사람도 동물이기 때문에 자연의 질서에 가장 잘 맞는 모습은 원칙적으로 이런 모습이 아닐까 생각합니다.

그렇다면 성장한 아들을 자신의 소유물인 것처럼 생각하고 아들의 배우자와 경쟁하고 질투를 하는 시어머니는 아름다운 모습이 아닐 것이며, 성장한 딸을 자신의 여인처럼 생각하고 언제까지나 보호하고 싶어 하는 아빠의 모습을 부모의 사랑이라고 할 수 없으며, 자연의 질서에 순응하는 모습이라고도 할 수 없을 것입니다.

부모는 자녀의 성장을 기쁨으로, '생명의 연속'을 보람으로 생각하며, 자녀는 생존과 성장의 은혜를 감사하는 마음을 갖는 것이 자연의 질서를 따르는 좋은 거래의 모습이라고 하겠습니다.

[거래적 통합_사례3]

연인 사이의 거래

사랑의 의미

사랑하는 사람끼리도 당연히 거래가 일어납니다. '사랑하는 사람끼리 무슨 거래냐? 그게 진정한 사랑이냐?'라고 생각할지 모르지만 사랑에서 정말 큰 거래가 일어난다고 말할 수 있습니다. 남자나 여자도 인생의 전부를 걸어야 하니까요.

애인끼리의 거래를 알아보기 위하여 사랑의 의미부터 살펴보아야 하겠습니다. 국립국어원의 표준어대사전에는 사랑에 대해 다음과 같은 설명이 나와 있습니다.

① 어떤 사람이나 존재를 몹시 아끼고 귀중히 여기는 마음. 또는 그런 일. [예] 어머니의 사랑

② 어떤 사물이나 대상을 아끼고 소중히 여기거나 즐기는 마음. 또는 그런 일. [예] 나라사랑, 국어사랑

③ 남을 이해하고 돕는 마음. 또는 그런 일.
[예] 이웃에 대한 사랑의 손길

④ 남녀 간에 좋아하고 그리워하는 마음. 또는 그런 일

⑤ 성적인 매력에 이끌리는 마음. 또는 그런 일.

⑥ 열렬히 좋아하는 대상. [예] 그녀는 나의 사랑이다.

사전적 풀이를 보면 좋아한다, 그리워하다, 소중하다, 위하는 마음, 성적으로 끌리다 등을 포함한 의미를 찾아낼 수 있습니다.

사랑의 글자를 살펴보면, 사랑 애愛자에는 받아들이다는 의미의 수受자 안에 마음 심心자가 들어있습니다. 글자 그대로라면 '마음을 받아들이다'는 뜻이 됩니다. 즉 '사랑하다'는 뜻은 '다른 사람의 마음을 내가 받아들인다.'는 의미가 됩니다. 사랑을 받는 사람의 입장에서 해석한 것이라고 할 수 있습니다. 또한 마음을 받아들인다는 것은 마음을 안다는 의미도 됩니다. 그러므로 그 사람이 무엇을 원하는지 알고 이해한다는 의미로도 해석이 가능하겠습니다. 사랑을 한자 풀이로 정리하면 **"① 그 마음을 받아들인다. ② 그 사람 마음을 이해한다."** 라고 할 수 있습니다.

'사랑'이라는 말의 어원은 사량思量에서 왔다는 설이 유력합니다. 사량의 뜻은 생각할 사思, 헤아릴 량量으로 '생각하고 헤아리다'는 의미가 됩니다. '생각하다'는 것은 나 스스로 또는 나도 모르게 그 사람(또는 대상)이 떠오른다는 것이고, '헤아리다'는 그 사람의 마음이나 상황을 이해한다는 의미입니다. 즉, 사량의 의미는 생각이 나서 보고 싶고 그리워하며 좋아하는 마음과 그 사람의 입장을 헤아려 이해하는 마음이 같이 있는 것이라고 할 수 있겠습니다. **사량思量의 어원 풀이로 보는 사랑의 의미는 '① 그리워서 생각나다 ② 그 사람의 마음을 헤아리다.'** 입니다. 그리워서 생각이 난다는 것은 내 마음이 그 사람에게 있다는 의미가 되고, 그 사람 마음을 헤아려 주는 것도 내가 '헤아려 주는 것'이 됩니다. 그러므로 사량을 어원으로 하는 우리말에서 사랑의 개념은 나의 마음을 주는 것에 초점이 있다고 할 수 있습니다.

사랑의 법칙

글자의 뜻과 어원으로 풀어본 사랑의 의미는 '좋아서 마음을 받아들이고, 그리워서 생각나고, 이해하고 위하는 마음'으로 정리할 수 있겠습니다. 이렇게 본다면 사랑은 결국 마음을 주고받는 것이 기본이 된다고 할 수 있을 것입니다. 사랑을 '마음을 주고받는 것'으로 전제한다면 다음 두 가지의 심리적인 법칙이 작용합니다.

■ 거래 균형의 법칙

두 사람의 남녀가 자유로운 의지로 선택을 할 수 있는 상황에서 연인관계를 유지하고 있다면 **두 사람은 언제나 주고받는 것이 균형을 이룬다는 법칙**을 말합니다. 다음의 사례를 읽고 이 법칙에 대하여 생각해 보겠습니다.

서연이와 민준이는 연인관계입니다. 두 사람은 3년 동안 연인관계로 교제를 해왔으며 앞으로 결혼을 약속한 사이로 지금 같이 살고 있습니다. 그런데 최근 민준이는 두 사람의 관계에 대해 불만이 많아졌습니다.

민준이의 말에 의하면, 데이트 비용의 80% 정도를 민준이 부담하고 20% 정도를 서연이가 부담한다고 합니다. 민준이의 불만은 비용 부담이 아니라 식사 등의 선택권의 문제에 불만이 있었습니다. 함께 먹는 음식의 종류를 항상 서연이가 결정한다는 것입니다. 민준이 많이 좋아하지 않는 파스타를 서연이는 좋아하기 때문에 민준이가 싫어도 파스타를 같이 계속 먹어야 한다는 것입니다. 그리고 식사 값은 민준이가 지불합니다. 처음에 서연이가 너무 사랑스러워 원하는 대로 결정했는데 이제는 버릇이 되어 모든 것을 서연이가 원하는 대로 결정하게 되었다는 것입니다. 민준은, 결정은 서연이가 하고 비용을 자기가 지불하는 것은 불공평하고 자기가 손해를 본다고 생각하고 있습니다.

또 다른 민준의 불만은, 서연이가 강아지를 기르고 있는데 강아지를 돌보는 것이 언제나 우선이 되고, 민준이가 뒷전이 된다는 것입니다. 그리고 강아지의 사육비도 민준이가 지불한다는 것입니다. 민준이는 이것도 매우 불공평한 일이라고 생각하고 있습니다. 그럼에도 불구하고 지난 2년을 이렇게 살고 있었습니다. 민준은 서연에게 이것이 불공평하다는 것을 이야기하였으나 서연은 고칠 생각이 없다고 했습니다.

독자 여러분들은 어떻게 생각합니까? 위의 사례에서 두 사람의 관계는 불공평하고 민준이가 주는 것이 많고, 서연이는 받는 것이 많으며, 민준이가 손해를 보고 있다는 생각이 듭니까?

그렇게 생각할 수도 있겠지요. 그러나 거래균형의 법칙을 말할 때 '자유로운 의지로 선택할 수 있는 상황'이라고 말했습니다. 정말 민준이 불공평하다고 생각되고 도저히 참을 수 없는 상황이었다면 두 사람의 관계는 벌써 끝이 나고 말았겠지요. 민준은 데이트 비용의 80%를 부담하고 애완견의 사육비용도 지불하고, 음식 선택권도 서연한테 주면서까지 연인관계를 유지해온 것은 무언가 얻는 것이 있었기 때문입니다. 추측하면 그것은 서연이라는 연인이 옆에 존재하는 것 자체가 행복이기 때문입니다. 그것은 모든 비용을 지불하는 것을 감수할 만큼 가치가 있다고 생각하고 균형을 유지하고 있었던 것입니다.

만약 민준이가 이제는 그럴 가치가 없다고 생각한다면 두 사람 관계는 변화가 불가피하게 될 것입니다. 그것은 민준에게 있어서 서연의 가치가 하락했다고 할 수 있을 것입니다. 그러므로 이제 다시 균형을 맞추려면 서연이가 데이트 비용을 더 부담하든지 강아지에게 주는 관심을 민준에게 주어야 새로운 균형을 이루게 될 것입니다.

이렇게 두 사람의 자유의지로 관계가 유지되고 있다면 그 관계는 항상 균형을 이루기 위해 변화가 일어난다는 것입니다. 이와 같이 사람 관계에서 주고받는 것이 균형을 이루는 것을 '거래균형의 법칙'이라고 합니다.

'거래균형의 법칙'에 따르면, 여러분이 연인에게 많은 것을 주는 사람의 힘이 더 커집니다. 여러분이 연인에게 제공한 모든 것은 마음속의 '거래 장부'에 기록될 것이고, 균형을 이루기 위해서는 그것만큼 돌아오기 때문입니다. 반대로 비교적 더 많은 것을 받은 여러분의 연인은 갚을 것이 많은 사람이 되는 것입니다.

그러므로 여러분은 좋은 것을 연인에게 많이 선물하여 착한 원인을 가득 쌓으시기 바랍니다. 그러면 그 원인이 무르익어 결과로 변하여 여러분에게 다가올 것입니다.

■ 과유불급의 법칙[20)]

여름에 비가 오지 않으면 농사를 짓는 데 어려움이 아주 많습니다. 벼가 자랄 수 없어 흉년이 들어 식량이 부족할 것입니다. 그래서 농부는 하늘을 보며 비가 내리는 것을 간절히 바랄 것입니다. 이것은 '불급不及'의 상황입니다.

가뭄 끝에 비가 내리기 시작했습니다. 그런데 논밭을 적시고도 비가 계속 내리면 모내기한 논에 물이 넘치고 심어둔 모가 떠내려가게 되면 '과過'의 상황입니다.

그리하여 우리 조상님들은 행동에서도 부족하지 않고 넘치지도 않는 중용을 매우 중요하게 생각하였습니다.

세상 모든 일에서 부족하지 않고 넘치지도 않은 중용이 중요하겠지만, 연인 관계에서는 이 법칙이 더욱 중요하게 작용합니다.

연인의 감정을 공감하지 못하고 경제적 계산만 한다면 그것은 사랑의 부족함으로 상대방으로부터 신뢰를 얻지 못할 것이며, 지나치게 자주 연락하여 어린아이처럼 조른다면 그것은 넘침으로 사랑의 가치가 떨어져 매력 없게 보일 수도 있을 것입니다. 다음은 과유불급의 예시입니다.

---

20) 「논어」 先進篇, 過猶不及: 부족하지도 지나치지도 않음.

[과유불급의 예시]

불급(不及, 부족함)	과(過, 지나침)
상대방의 기분이 어떠한지를 고려하지 않는다.	연인이 그리워할 틈도 없이 귀찮을 정도로 자주 연락한다.
두 사람이 관련된 일을 하면서 의견을 물어보지 않는다.	자신의 욕구나 바람을 연인에게 지나치게 요구 또는 의존한다.
자기 연인의 욕구나 바람을 고려하지 않는다.	상대방의 개인정보나 가족의 정보를 몰래 알아낸다.
연인의 일이나 연인 가족의 일에 무관심하다.	연인이나 연인 가족의 일에 지나치게 간섭을 한다.
관심이 없어서 연인의 중요한 기념일을 잊고 지나간다.	자신의 임무는 소홀히 하고 연인의 일에만 올인한다.

독자 여러분은 '거래균형의 법칙'에 맞추어 좋은 것을 많이 주어 돈독한 관계를 만들고, '과유불급의 법칙'에 맞게 매력적인 사람으로서 관계를 유지하길 바랍니다.

[거래적 통합_사례4]

차 선생님의 선택

몇 년 전에 「자연주의 공동체」 마을로 이사를 와서 살고 있는 차인영 씨의 사연입니다. 글을 읽고 여러분의 조언을 부탁드립니다.

초등학교 교사 차인영 선생님은 3년 전 이곳 서래마을로 이사를 왔습니다. 이곳은 춘천에서 멀리 떨어진 산골로 물질문명과 황금만능사회를 싫어하고, 환경오염과 입시 위주의 경쟁교육을 반대하는'자연주의 공동체'마을입니다.

공동체라고는 하지만 각자 가정의 독립된 경제와 문화의 자유가 보장되어 있고, 마을 문제나 학교의 문제에 대해서는 마을 사람들이 의견을 모아서 해결하는 형태입니다.

사람들의 따뜻한 인정을 좋아하는 성격인 인영 씨는 도시 생활도 불만은 없었지만, 평소 자연친화적인 생활이 그립고 경쟁 위주의 교육이 싫었습니다. 그런 와중에 서래 마을의 소문을 듣고 남편을 설득해 도시생활을 정리하여 서래 마을로 이사를 오게 되었습니다. 학급에서 상위 성적을 유지하는 두 딸은 서래초등학교로 전학을 오게 되었습니다.

이사를 온 후 처음에는 사람들이 친절하고 인정이 많아서 매우 만족하는 생활이었습니다. 단지 교사 입장에서 볼 때는 서래마을의 학부모들이 서래학교의 일에 너무 나서는 듯한 느낌이 있었지만 수요자 중심의 교육이 요즘의 흐름인지라 당연하다고 생각하였습니다.

요즘 인영 씨는 딸아이들의 학업 문제로 서래마을 생활에 대하여 마음의 불편함이 좀 생기기 시작했습니다. 인영 씨의 큰딸 민서는 학교에서 공부를 잘하고 특히 영어를 잘해서 장래의 희망이 외교관이었습니다. 지난해 중학생이 되어서 춘천 시내의 학교로 진학하였는데, 인영 씨는 민서가 원하는 대로 영어와 수학 학원을 보내게 되었고, 언니를 따라 동생 은서도 학원에 보내게 되었습니다.

그런데, 민서와 은서가 학원에 다니는 것에 대하여 이웃에 사는 분이 이야기하는 것을 듣게 되었습니다. 그 분은

"은서 어머니, 제 개인 생각이지만, 「자연주의 공동체」사람들은 입시 경쟁을 싫어해서 모인 사람들이라 아이들의 학교 성적을 올리려고 입시 학원을 보내지 않습니다. 우리 마을의 교육 분위기를 흐리지 않았으면 좋겠습니다."라고 말했습니다.

인영 씨는 많이 당황하였습니다. 인영 씨는

'나도 입시경쟁을 싫어하고 아이들이 마음껏 뛰노는 것을 좋아하여 「자연주의 공동체」를 찬성한다. 하지만, 학원을 무조건 반대할 것이 아니라 아이가 더 배우기를 원한다면 학원에서 공부하는 것이 나쁜 일은 아니지 않는가? 또, 아이들이 자유롭게 뛰어노는 것이 좋기는 하지만, 좋은 대학을 보내야 하는 우리나라의 현실을 무시할 수만은 없는 것이 아닌가? 무조건 학원에 보내서는 안 된다는 생각은 오히려 획일적인 사고방식이 아닌가?'라는 생각이 들었으나 말하지는 못하였습니다.

인영 씨의 일이 마을에 알려졌는지 평소에 친하게 지내던 사람들의 태도가 바뀐 것 같고 어색한 기분이 들었습니다. 예전처럼 다정하게 느껴지지도 않았고 사람들이 인영씨를 피하는 듯한 느낌이 들었습니다. 학원을 보내지 않는 것이 좋겠다는 것이 어느 정도의 압력처럼 느껴졌습니다.

인영 씨는 고민이 깊어졌습니다.

「자연주의 공동체」의 신념에 찬성하는 인영 씨지만, 마을사람의 입장에서 보면 물질문명이나 경쟁위주의 입시교육을 피해서 이곳 산골까지 왔는데 어떤 집에서 아이를 학원에 보내 공부를 시킨다면 다른 아이도 물들지 않을까 걱정하는 것도 충분히 이해가 되는 일이었습니다.

그러나 한편으로 영어 입시학원을 보내는 것이 인영 씨가 서래에 오면서 생각하고 찬성한 「자연주의 공동체」신념에 어긋나는 것이라고 생각되지 않았습니다. 아이가 좋아하고 원한다면 영어든 수학이든 공부할 수 있는 것이고, 집에서 공부가 안되면 학원에서 공부할 수 있다는 것이 인영 씨의 생각이었습니다.

아이들을 학원에 보내자니 이웃 사람들과 어색한 것 같고, 이웃 사람의 눈치를 보고 아이가 원하는 학원을 안 보내는 것도 이상하고, 어렵게 남편을 설득해서 이곳 전원주택으로 이사를 왔는데 도로 시내로 이사를 갈 수도 없는 일입니다.

딸에게 미안한 마음이 들고, 남편에게 할 말이 없고, 마을 사람들과 친하게 지내고 싶은데 어색한 분위기입니다.

여러분은 인영 씨에게 어떤 조언을 하시겠습니까?

차인영 씨는 전원생활에서 자신이 선택한 일 때문에 문제가 생긴 것 같습니다. 이런 때는 현재상황과 자신의 마음을 차분하게 표로 정리해 보는 것이 많은 도움이 될 것입니다. 다음의 표는 예시입니다.

[인영 씨의 선택에 따른 거래]

유형	선택	잃음(去)	얻음(來)
1	서래 마을에 거주하고, 학원에 보냄	· 마을주민과 관계 불편 · '자연주의' 신념차이 확인 (이웃을 이해시킬 필요)	· 딸의 희망대로 학원 보냄 · 자신의 소신 유지 (자연주의 & 학원 가능) · 원하는 마을에 거주(불편)
2	서래 마을에 거주하고, 학원 안 보냄	· 딸 희망대로 학원 못 감 (대안을 찾아야 함) · 주변 눈치에 소신 동요	· 주민과 친한 관계 유지 · '자연주의' 신념 공유 · 원하는 마을에 거주(편안)
3	시내로 이사를 하고, 학원에 보냄	· 경제적 손실(이사) · 원하는 마을에 거주 못함 · 남편을 설득할 의무	· 딸의 희망대로 학원 보냄 · 자신의 소신 유지

인영 씨의 갈등을 고려한다면 인영 씨가 선택할 수 있는 경우의 수는 위의 3가지입니다.

위의 경우에서 [유형1]을 선택한다면 마을 사람들과의 불편한 관계를 해결해야 하는 문제가 있겠지만, 딸들이 원하는 학원을 보내줄 수 있으며, '자연주의도 찬성하고 학원도 보낼 수 있는' 자신의 소신을 유지할 수 있게 될 것이며, (불편할 수도 있겠지만) 자신이 원하는 마을에서 살 수 있을 것입니다.

[유형2]를 선택한다면 딸이 원하는 대로 해줄 수 없기 때문에 다른 공부 방법을 찾아야 할 것이고, 자신의 소신대로 못하고 사람들의 눈치에 동조했다는 불편한 마음이 있겠지만, 자신이 꿈꾸던 마을에서 사람들과 '자연주의' 신념을 공유하며 화목하게 지낼 수 있을 것입니다.

마을 사람들과의 갈등도 싫고, 딸의 마음이 중요하다고 생각된다면 자신이 원하는 전원생활을 포기하고 시내로 다시 이사를 나가는 [유형3]의 방법도 있습니다. 그러나 이때는 전원주택을 처분하는 등 경제적 손실과 남편을 설득하는 문제를 감수해야 합니다.

이렇게까지 분석되었다면 다음은 인영 씨 개인의 선택 문제만 남게 됩니다. 어떤 선택이 자신과 가족에게 더욱 중요하고 이익이 되는지를 생각하면 될 것입니다.

다만 자신이 선택한 일에 대하여 자신감을 갖고 자신이 포기한 이익에 대해서 수용하겠다는 생각을 하는 것이 좋을 것입니다. 또한 자신이 포기한 부분에서도 대화와 소통을 통해 딸이나 이웃과의 관계를 개선해나가는 것도 반드시 필요한 절차일 것 같습니다.

우리는 이처럼 어떤 선택을 할 때 '모든 상황이 나에게 유리하게 전개되지는 않는다.'는 것을 수용해야 합니다. 오히려 그것을 인정하고 정확한 현실 상황인식을 통해서 그 상황을 극복하거나 개선해 나가는 노력을 하는 것이 현명하다고 할 수 있습니다.

지금까지 우리는 사람과 사람의 관계에서 무엇이 가고 무엇이 오는가를 알아보았습니다. 독자 여러분들의 경험과 비슷한가요?

독자 여러분께서 알고 계시겠지만 '무엇이 가고'에서 간다는 것은 거去를 말하고 '무엇이 오고'에서 온다는 것은 래來를 말합니다. 그리하여 인간관계에서는 언제나 무엇인가 거래가 이루어집니다. **가고 오는 것을 분류하면 대체로 말, 돈, 물건, 노동, 감정, 마음, 시간 등으로 나눌 수 있습니다.** 예를 들면 기술은 돈으로 분류할 수 있으며 사랑은 마음으로 분류하는 것입니다.

좋은 거래는 일반적으로 거래를 하고 나면 기분이 좋아지는 경우가 대부분입니다. 예를 들어 다솔이가 마트에 가서 시금치와 사과, 귤을 사서 돌아오면 시금치로 반찬을 해먹어야지 라는 생각과 사과와 귤을 먹으면 맛있겠다는 생각으로 기분이 좋습니다. 사과나 귤을 사오면서

'아, 돈이 너무 아까워!'

라고 생각하는 사람은 많지 않을 거라고 생각됩니다. 아! 간혹 그런 분들도 있을지도 모르겠습니다.

'아이 바보같이… 너무 비싸게 주고 샀지 뭐야!'

라고 할지도 모르겠습니다.

생일날 장미꽃을 선물하고 축하를 주고받는 것도 기분 좋은 일이며, 직장에서 한 달 동안 일을 열심히 한 후에 월급을 받는 건 매우 기분 좋은 일입니다. 이처럼 자기가 원해서 하는 거래는 기분 좋은 일이 많습니다.

우리가 인간관계에서 갈등이 생기는 많은 경우는 '내가 손해를 봤다'는 생각에서 상대방이 더 해주기를 바라는데 상대방은 더 해주기는커녕 고마워하는 마음도 없는 것이 확인되면 서운한 감정이 폭발합니다. 그러면서 이런 생각이 쏟아집니다.

'내가 자기한테 얼마나 잘해줬는데…'

'내가 해준 것이 얼마인데 지가 나한테 그렇게 해?'

'내가 너를 어떻게 키웠는데 나한테 이럴 수 있어?'

어떤 사람에게 서운한 감정이 정말 많이 든다면 실제로 다음과 같이 주는 것과 받는 것을 적어보시면 됩니다.

거래적 통합 (예시 : 1년간)

	준 것(去)	받은 것(來)	차이 & 이유
말(10)			
돈(10)			
물건(10)			
노동(10)			
감정(10)			
마음(10)			
시간(10)			
특별(30)			
계(100)			

* ( )의 점수는 각자가 실정에 맞게 조정하여 정할 수 있음.

사실 **이런 '거래적 통합'이 성립하려면 전제가 있어야 합니다. 그것은 평등입니다.** '어느 한 쪽이 많이 주어서 억울한 경우가 없어야 하고 양쪽의 균형이 맞아야 한다.'라는 생각을 받아들이는 것입니다. 그러므로 평등의 전제에 동의하지 않는다면 거래를 논의할 가치조차 없어지는 것입니다. 여러분은 평등의 전제를 동의한다고 생각하고 이야기를 진행하겠습니다.

그렇게 하여 정말 내가 너무 많이 주고받는 것이 없다면 앞으로는 덜 주고 균형을 맞추어야 합니다. 주는 것은 내가 결정하는 것이므로 내가 결정해서 가는 것을 오는 것보다 많게 되었다고 속상하고 억울해하는 것은 잘못된 것입니다. 어떤 독자는 이렇게 말할 것입니다.

"그 놈이 배신할 줄 알았나?"

"사람이 인정이 있지 내가 준 것만큼은 와야지!"

이것은 본인 생각입니다. 본인이 판단을 잘못하신 것이고 사람을 잘못 보신 것입니다. 자신이 결정한 일을 누구를 탓하겠습니까?

그렇지만 가는 정이 있으면 반드시 오는 정이 있을 것입니다. 그것이 다른 어떤 형태로 바뀌어 올지는 몰라도 반드시 돌아오게 되어 있습니다. 그러므로 무엇이든 내가 줄 수 있는 것이 있을 때 먼저 주는 것이 좋을 것입니다. 이 말의 근거는 50년 이상의 경험에서 오는 깊은 통찰이라고 말씀드리겠습니다. 실천해보시기 바랍니다.

'세상에는 공짜가 없다.' 는 말이 있습니다.

이 말은 어쩌면 인간관계에 있어서 물리학의 작용 반작용의 법칙이라고 할 수 있습니다. 이 말은 공짜로 먹고 그냥 있을 수는 없다는 뜻도 됩니다.

그렇지만 "내가 준 것이 억울하다."라고 말하는 순간에 상대방은 빚으로부터 마음이 자유로워집니다.

그러므로 내가 많이 주었다고 억울해하거나 속상해할 필요가 없습니다. 또한 그렇게 말한다면 더욱 돌아오지 않습니다. 그러니 속상해하지 말고 기다리길 바랍니다.

실제로 거래는 대부분 공평하게 이루어집니다. 앞에서 설명한 '거래균형의 법칙'이 작용하기 때문입니다.

위의 그림의 서식대로 실제로 가고 오는 것을 적어보면 생각과 다른 결과가 많이 나옵니다. 저의 개인적인 경험입니다만 내가 많이 준다고 생각하고 있었는데 실제로 적어보니 받은 것이 많은 경우가 더 많이 있었습니다.

여러분도 한 번 작성해보시기 바랍니다. 가족이나 친구 등 나와 가까운 사람과 나와의 관계 갈등이 의외로 쉽게 풀릴 수가 있습니다.

'자세하게 살펴보니 내가 받은 것이 더 많구나!' 하고 깨닫는 순간 서운했던 감정은 사라지고 사람과 관계에 새로운 따뜻한 의미가 생기게 됩니다.

정화적 통합

'정화적 통합'은 과거의 불행한 경험이 마음속에 남아서 현재 생활에 부정적인 영향을 미치는 경우에 사용할 수 있는 통합의 방법입니다.

과거의 불행한 경험이 의식적으로 또는 무의식적으로 기억되어 현재의 생활에 부정적인 영향을 미치는 것을 밖으로 끄집어내어, 그 경험에 대한 부정적인 느낌을 긍정적인 느낌으로 바꾸어 주거나,

적어도 '그럴 수 있어' 또는 '그럴 수밖에 없었어.'라고 이해하고 수용하는 마음이 되도록, 느낌을 바꾸는 작업을 통하여 마음을 편안하게 만드는 심리치료 방법입니다. 부정적인 경험의 기억을 정화시킨다는 의미를 강조하기 위한 이름으로 '정화적 통합'이라고 하겠습니다.

정화적 통합과 관련된 심리치료 방법으로는 정신분석적 방법과 게슈탈트 심리치료 방법 등이 있는데, 정신분석적 치료방법은 5세 이전 아동초기의 경험을 중요하게 생각하고 분석하며, 게슈탈트 심리치료는 과거의 미해결과제에 초점을 두는 것이 차이점이라고 말할 수 있습니다. 또한 우리나라의 전통적인 굿과 같은 종교적인 의식도 정화적 통합과 관계가 깊다고 말씀드릴 수가 있습니다.

다음의 사례들을 살펴보며 정화적 통합을 구체적으로 알아보겠습니다.

[정화적 통합_사례1]

현준이의 아픈 추억

현준이는 어려서부터 초등학교 선생님인 아버지로부터 매우 엄격한 교육을 받으며 자랐습니다. 초등학교 3학년 때부터 방학기간에는 한 달 동안 다음 학기의 수학책을 혼자서 풀어야 했습니다. 수학 문제를 풀다가 모르는 것이 있으면 아버지께 물어서 해결을 하였습니다. 아버지의 명령은 절대적이었습니다. 한 번은 아버지가 주신 과제를 다 하지 않고 놀았다가 저녁에 회초리로 종아리에 멍이 들도록 맞았습니다. 그 뒤로는 아버지께 반항하는 것은 꿈에도 생각할 수 없는 일이 되었습니다.

상담자(이하 상) : 어서 오세요.

현준 : 안녕하세요? 상담하시는 서 박사님이십니까?

상 : 예, 그렇습니다. 제가 상담을 하는 서인수입니다. 어떤 일이 힘들어서 오셨습니까?

현준 : 저는 서울 EG회사의 홍보팀에서 일하는 김현준입니다. 몇 가지 여쭈어 볼 것이 있어서 왔습니다.

상: 예, 말씀하십시오.

현준 : 제가 홍보팀에서 일한 지가 일 년 정도 되었는데 처음에는 괜찮았고 PT를 전혀 떨지 않고 잘했는데, 언제부터인지 모르지만 PT를 할 때 숨이 답답하고 얼굴이 달아올라 말을 더듬게 되었습니다. 병원에 가서 검사를 해도 이상이 없고 무슨 일인지 모르겠습니다.

상 : PT는 프레젠테이션을 말하는 것입니까?

현준 : 예, 우리 홍보팀은 회사의 홍보도 하고, 다른 회사의 광고를 따오는 팀인데 제가 PT를 맡고 있습니다.

상 : 아, 그렇군요. 그 때, 심장도 빨리 뛰었나요?

현준 : 예, 심장 박동도 빨라졌던 것 같습니다.

상 : 심장이 빨리 뛰었던 일을 제일 처음 느꼈던 때를 생각해보십시오. 어떠한 상황인지 떠올려 보십시오.

현준 : 음... PT 연습 때인데, 평소에 참관하지 않았던 회장님이 오셨을 때 처음 그랬던 것 같습니다.

상 : 음..., 그래요? 그날 회장님의 모습 중에서 무엇이 제일 기억에 남아 있습니까?

현준 : 예, 옷차림은 보통 정장차림이고... 예, 하얀 머리카락이 기억에 남았습니다. 어? 그러고 보니.

상 : 무엇이 떠올랐습니까?

현준 : 아닙니다. 갑자기...

상 : 갑자기 무엇입니까?

현준 : 관계없는 일인데..., 우리 아버지도 회장님처럼 머리가 하얗다는 생각이 떠올랐습니다.

상 : 아! 좋은 단서를 기억해내셨군요.

현준 : 좋은 단서라니요?

상 : 혹시 아버지 직업을 물어봐도 될까요?

현준 : 예, 아버지는 초등학교의 교장선생님이고 엄격하신 분이고 논리가 정확하신 분입니다.

상 : 아! 그래요? 엄격하시고 논리가 정확하신 분이라면 현준 님이 어릴 때 힘든 일이 많았겠습니다.

현준 : 그걸 어떻게 아세요?

상 : 당연한 것 아닙니까? 초등학교 선생님이시고, 논리정연하시고, 엄격하셨다면 자녀들이 엄청 힘들었겠지요?

현준 : 그렇군요.

상 : 아버지와 관련된 서운한 경험 같은 것은 없습니까?

현준 : 그런 것은 없습니다. 엄격하시지만 좋은 분이셨어요.

상: 음, 그렇군요. 오늘은 이것으로 마치고 집에 돌아가셔서 아버님에 대한 기억을 잘 생각해보십시오. 일주일 후에 한 번 더 오십시오.

(일주일 후)

상 : PT할 때 또 그런 증상이 나타나던가요?

현준 : 예, 박사님.

상 : 그랬군요. 참, 저번에 아버님과 관련된 기억을 물어봤었는데 생각난 것이 있었습니까?

현준: 예, 고등학교 3학년 때 아버지와 좀 심하게 다툰 일이 있었습니다.

상 : 고등학교 3학년 때 어떤 일이 있었지요?

현준 : 저는 고등학교 3학년 때에 가수가 되고 싶은 저 혼자만의 꿈을 가지고 있었습니다. 어느 날 식당에서 저녁을 먹었는데 분위기도 좋고, 아버지께서 술도 한잔 하시고 해서..., 저는 아버지께 제 꿈을 말씀드리고 싶었습니다. 서울에 있는 SM 스튜디오의 가수 지망생 오디션을 보고 싶다고 말했습니다.

아버지는 일언지하에 거절하셨습니다. 아버지는,
"너는 머리도 좋고 공부도 잘하는 놈이 열심히 노력을 해서 판사, 의사를 할 생각을 하지는 않고 고3이 되어 노래가 뭐냐? 딴따라 광대가 그렇게 하고 싶어?"하고 화를 내셨습니다.
아버지는 저에게 매우 서운하였던 것 같았습니다.

상 : 음, 그랬겠군요. 보통의 경우에 고3이면 공부를 열심히 할 때이니까.
현준 : 예, 그러셨겠지요. 아버지께서는 당신이 중, 고등학교 때에 공부를 매우 잘하는 수재였는데, 형편이 어려워서 원하는 대학에 진학하지 못 하셨습니다. 아버지의 꿈은 판사였는데 대학을 제대로 가지 못해서 꿈을 접었다고 하셨습니다.
상 : 아, 그러셨군요. 그럼, 아들에 대한 기대가 있었겠네요.
현준 : 그래서 공부를 제법 잘했던 제가 당신이 못 이룬 꿈을 대신 이루어주기를 바라고 계셨던 것 같습니다. 그런데 난데없이 가수가 되겠다고 하였으니 저를 용서할 수가 없으셨겠지요.
상 : 음, 그랬겠네요.
현준 : 그런데 저는 공부를 잘하는 편이었지만 흥미가 없었습니다. 저는 어려서부터 아버지의 강요로 공부를 억지로 했던 기억밖에 없어 공부를 좋아하지 않았습니다. 저는 노래를 잘했습니다. 친구들과 학교의 선생님도 인정해주셨습니다.
상 : 아, 공부보다 노래에 흥미가 있고 소질도 있었군요.

현준 : 예, 사춘기 때에는 외롭거나 울적한 일이 있을 때마다 동전 노래방에 가서 혼자 노래를 실컷 불렀습니다.

아버지께서도 젊은 시절에 기타를 치며 노래를 하셨다고 들었습니다.

아버지의 DNA를 물려받았지요.

상 : 그렇군요. 그러면 아버지도 음악을 좋아하셨군요.

현준: 예, 아버지께서 음악을 좋아하셨기 때문에 저의 꿈을 이해해 주실 줄 알았습니다. 그래서 아버지께 정면으로 돌파해보기로 하였습니다.

상 : 아, 각오를 단단히 하였었군요?

현준 : 각오도 각오지만 그때 아버지께서 고3이면 어른이니 술을 한잔 해도 된다고 말씀하시고 제게도 술을 주셨습니다. 그래서 술을 한잔 먹었는데, 그 술기운을 좀 빌어 용기를 내어 보기로 하였습니다.

상 : 아, 기회가 좋았군요?

현준 : 예, 그렇게 생각했었지요. 그래서 나도 모르게 좀 오버해서 말이 나왔습니다.

상 : 뭐라고 말씀드렸습니까?

현준 : 이렇게 정면으로 따지고 들었지요.

"아버지는 교육자가 정말 맞습니까? 아버지께서 학교의 학생들에게 항상 자신이 좋아하는 것을 찾아 꿈을 키워나가라고 말씀하시는 것을 저도 들었습니다. 그런데… 왜 저는 안 되는 것입니까? 학교에서는 되고 집에서는 안 된다고 하는 것은 위선자가 아닙니까?"

"아버지는 제가 좋아하는 게 뭔지 아십니까? 한 번이라도 물어본 적이 있습니까? 그런 당신이 아버지 자격이 있다고 생각하십니까?"

말을 하다 보니 저는 마음속에 있었던 말들을 거침없이 모두 다 쏟아 내고 말았습니다.

상 : 아, 현준 님 마음속에는 아버지에 대한 원망과 억울함이 많이 있었군요?
현준 : 예, 그랬었나 봅니다. 저도 제가 거기까지 나갈 줄은 몰랐습니다. 그런 것을 보면 제 가슴 속에는 한이 많이 쌓여있었나 봅니다.
상 : 어릴 때부터 아버지께 받아왔던 억압이 얼마나 컸으면 그런 행동이 나왔겠습니까? 잘 하셨습니다. 가슴 속에 있는 것이 밖으로 나오지 않으면 병이 되거든요.

현준 : 아버지께서 뭐라고 말씀을 하셨는지 전혀 기억나지는 않습니다. 저는 그날 아버지한테 엄청나게 맞았습니다. 얼굴은 퉁퉁 부어올랐고 눈이 잘 보이지도 않았습니다.
상 : 어릴 때부터 억압이 많았는데, 그날 또 폭행까지 당해서 억울함이 더 많이 쌓였겠습니다.
현준 : 예, 그렇지만 한편으로 가슴이 후련했습니다. 그동안 아버지께 하고 싶은 말을 못했었는데 모두 쏟아냈으니 시원했습니다. 제 인생에서 혁명이라고 할 정도였지요. 감히 절대 왕권에 도전을 하였으니까요.
상 : 잘 하셨습니다. 그렇게 표현하지 않았으면 풍선효과처럼 다른 어떤 쪽으로 터졌을지도 모르는 일입니다.

현준 : 다음날 저녁에 아버지께서는 저를 불러 굳은 결심을 하신 듯이 말씀하셨습니다.
"앞으로 너의 문제는 너 스스로가 결정하도록 하여라. 그 대신에 결과에 대해서도 네가 책임지도록 해라. 어떤 대학을 가든지 전혀 상관하지 않겠다. 대학교를 졸업할 때까지는 등록금과 대학생활비는 아빠가 주도록 하겠다. 다만, 대학을 졸업한 후에는 스스로 독립하도록 해라."

상 : 그러셨군요?

현준 : 예, 그리고... 대학 4년 동안 성적도 좋았고, 대학에서 음악 동아리에 들어가 드럼과 기타를 치며 음악공부도 잘했어요.

상 : 그 후에 아버님과 그 일에 대해 얘기한 적 있습니까?

현준: 전혀 없습니다. 아버지를 봐도 그때 말씀은 안하시고, 아버지는 그때의 일을 잊으신 것 같아 보이기도 하고.

상 : 그렇군요. 만약 지금 아버님께서 그때의 일을 말씀하신다면 뭐라고 말씀드리고 싶어요?

현준 : 글쎄요. 제가 잘못한 것을 사과도 드리고 싶고, 한편 아버지께서 독재하신 것에 대해 사과를 받고 싶어요.

상 : 사과드릴 것도 있고, 사과를 받을 것도 있군요. 지금도 아버님이 미우세요?

현준 : 밉다는 표현보다는 안타깝다고 할까요? 가슴이 먹먹한 그런 것이 있어요.

상 : 그렇군요. 아직 아버님에 대한 감정이 깨끗이 정리되지는 못하였고, 마음속에 미해결과제로 남아있군요?

현준 : 미해결과제? 그 표현이 참 좋네요. 그런 거 같아요.

상 : 아버님한테 그 일에 대해서는 먼저 말하기가 어렵죠?

현준 : 사실은 아버지 앞에서 아직도 내 마음을 있는 그대로 솔직하게 표현한다는 건 어려워요. 아버지 앞에만 가면 말이 잘 나오지 않아요.

상 : 그렇군요. 그럼, 우리 이런 것 한 번 해보면 어떨까요?

현준 : 어떤 거요?

상 : 게슈탈트 심리치료에서 흔히 사용하는 방법인데, 지금 아버지께 직접 말씀드리기 어려우니까 빈 의자를 갖다 놓고 아버님께서 지금 여기에 앉아 계신다고 생각하고 하고 싶은 말씀을 모두 드려보는 거예요.

현준 : 에이, 그게 뭐 효과가 있나요?

상 : 아버님께 직접 말씀드리기가 어렵다고 했잖아요?

현준 : 예, 그건 그렇죠.

상 : 그러니까 아버님이 안 계신 곳에서 연습을 해보는 거죠.

현준: 음... 좋아요.

현준은 빈 의자 앞에 앉아 오래 전의 아픔에 대해서 아버지와 대화를 시작하였습니다. 아버지 역할을 옆에서 제가 대신하였습니다.

현준은 빈 의자 앞에서 아버지께 심하게 했던 자신의 잘못에 대해 용서를 빌었고, 아버지께 서운했던 마음들을 이야기하였습니다. 물론 저는 현준이의 아버님을 대신해 현준을 용서해주었고, 현준이 마음을 이해하지 못했던 것과 현준이를 때린 것과 현준이를 아프게 한 일에 대해서 미안하다는 말과 용서를 바란다는 말을 해주었습니다.

그리고 현준 씨는,

언젠가 아버님을 찾아뵙고 오늘 우리가 연습한 것처럼 실제로 해볼 것을 약속했습니다.

그 후 현준 씨는 회장님 앞에서도 더 이상 PT를 떨지 않고 잘하게 되었다는 반가운 소식을 전해왔습니다.

[정화적 통합_사례2]

언니와 약속

부산에 살고 있는 서현 님이 전화로 상담을 하고 싶다고 하였습니다. 오늘 마침 시간이 되어 약속을 잡고 상담을 하게 되었습니다.

류서현은 50대 초반인데 나이보다 어려보이고 얼굴에는 약간 우울한 기색이 보이지만 조용하고 품위 있는 여인이었습니다.

(류서현: 류, 상담자: 상)

상 : 어디가 불편해서 오셨나요?

류 : 요즘 입맛도 없고 이유 없이 우울하기도 하고, 온 몸이 찌뿌듯하고 아픈 것 같아요. 꿈도 자주 꾸고요.

상 : 아, 우울하고 온몸이 아프고 꿈도 꾸고...?

류 : 예, 언니 꿈을 꾸어요. 병원이었어요.

상 : 언니 꿈을 꾸어요? 언니가 어디가 아팠나요?

류 : 예, 언니가 암으로 병원에 계시다가 돌아가셨어요.

상 : 음. 그랬군요!

류 : 언니가 입원해 있었을 때, 제가 거의 매일 병원에 갔었는데 그때 제가 혼자서 식당을 하고 있을 때여서 식당일을 마치고 밤 11시 넘어 병원에 갔었고, 새벽 3, 4시까지 있다가 오곤 했어요.

상 : 그렇게 늦게까지 식당에서 일을 하고, 밤에 잠을 자지 않고 또 병원에 가서 있으면 잠은 언제 잤어요?

류: 새벽 4시에 집에 오면 잠시 자고 아침 9시에 또 식당에 문을 열어야 되니까 엄청나게 피곤했었지만 언니가 저를 좋아해서 안 갈 수가 없었지요.

상 : 아, 그랬군요. 언니와는 친하게 지냈나 보네요. 언니하고 같이 있으면서 주로 무슨 얘길 했어요?

류 : 언니가 처음에는"너는 절대 남자를 만나지 말고 혼자 살아라. 남자는 믿을 게 못된다."라는 말을 많이 했어요.

상 : 아! 그랬군요. 언니가 왜 그런 말을 했을까요?

류 : 그때, 형부한테 여자가 있었나 봐요.

상 : 형부는 병원에 오지 않았나요?

류 : 아뇨. 언니가 입원한 병원에 와서 있었지요. 그렇지만 24시간 병원에만 있을 수는 없잖아요. 여자를 만나려면 잠시 나가서 만날 수도 있었겠지요.

상 : 음...

류 : 언니는 제일 큰언니하고도 친하게 지냈어요. 큰언니가 그러더라고요."너의 둘째 형부가 여자가 있는 것 같다고 그러더라. 네가 용한 점쟁이한테 가서 점을 좀 보고 와라. 진짜로 여자가 있는지 물어봐라."

상 : 그래서 점을 보러 갔었어요?

류 : 큰언니가 말한 점쟁이한테 갔어요. 깃발 있는 점집이 아니라 아파트 가정집이었어요. 집에 딱 들어가니까 그 점쟁이가 아파 죽겠다면서 막 난리를 치는 거예요. 내가 왜 그러시냐고 그랬더니 널 보니까 몸이 아프다고 하는 거예요. 그래서 제가 "아, 내 점을 보러 온 것이 아니라 언니 점을 보러 왔는데요."하니까 "아, 그러면 언니 때문에 아픈가보다" 하는 거예요. 그래서 제가 "사실 우리 언니가 좀 아파요"라고 말했어요.

상 : 음... 점쟁이가 이야기 시작하는 방법이 참 교묘하군요!

류 : 그래서... 여러 얘기를 하고, 형부한테 여자가 있느냐고 점쟁이에게 물었더니 여자가 있다고 했어요.

상 : 아, 그랬군요. 실제로 형부한테 여자가 있었던가요?

류 : 나중에 알았지만 실제로 여자가 있었어요.

상 : 음. 그래서 어떻게 했나요? 언니한테 그렇게 말했나요?

류 : 아뇨. 바른대로 말할 수가 없었어요. 안 그래도 언니가 몸이 많이 아픈데 그것까지 신경을 쓰이게 할 수는 없었어요. 그래서 큰언니한테만 얘기를 했어요.

상 : 아, 잘하셨네요. 그래서 작은 언니한테 그때 솔직하게 말하지 못한 것이 마음에 걸렸어요?

류: 아니요. 그게 마음에 걸린 거는 아니고... (흑흑) 아마 돌아가시기 직전이었던 것 같아요. 언니가 병원이 별로 소용이 없는 것 같다고 하면서 어디 조용한 절에 가서 요양을 하면 좀 나을 것 같대요. 그런데 저와 같이 갔으면 좋겠다고 했어요.

상 : 그래서 같이 절에 가셨나요?

류 : 아니요. 그때 제가 그럴 형편이 못됐어요. 저는 혼자서 아이 둘을 키우고 제가 식당을 운영해서 겨우 살아가고 있는데 언니를 모시고 절에 들어가 버리면 어떻게 먹고 살아요? 그리고 아이들은 어떡하고요?

상 : 아, 그랬군요. 서현 님의 입장에서는 언니를 모시고 가고 싶어도 할 수가 없었겠네요.

류 : 예. 할 수가 없었어요. 그런데 형편이 되었더라면 그렇게 해드리고 싶었어요. 그게 제일 마음에 걸려요. 언니한테 미안하구요.

상 : 그렇겠지요. 형편이 되지 않아서 못한 것을 자꾸 미안해할 필요는 없어요. 언니도 사정을 알고 있었을 것이고, 그렇지만 가장 친한 동생이라 어리광 부리듯 말해 보았을 겁니다.

류: 그랬을까요? 언니도 내 형편을 이해했을까요?

상: 그럼요. 형편은 알지만 제일 좋아하는 동생이니까. 같이 있고 싶다 그런 마음을 표현한 겁니다. 그리고 또 언니가 한 말은 없었나요?

류 : 그리고… 언니가 처음에는 형부 여자의 문제 때문인지 남자를 만나지 말라고 하더니 나중엔 재혼을 권했어요.

"재혼을 해라. 60 넘으면 혼자 살 수 없다. 한 살이라도 젊었을 때 좋은 사람 있으면 시집가도록 해라"이렇게 말했어요.

상 : 언니는 끝까지 동생이 고생할까 걱정을 했네요.

류 : 예, 그랬던 거 같아요.

상 : 음… 혹시 또 언니한테 미안한 일이 있어요?

류 : 사실은 언니가 돌아가시기 얼마 전에 언니의 딸 걱정을 많이 했어요. 언니는 아들, 딸 있는데 딸이 좀 그랬어요.

상 : 아, 공부를 열심히 하지 않았군요?

류 : 예, 공부도 소홀했던 것 같고 남자 친구를 사귀는 것도 진지하지 못하고 이 남자 저 남자 사귀는 것 같고…

상 : 그때 딸이 몇 살이었어요?

류 : 대학 2학년인가 그랬어요. 스물 둘인가.

상 : 아…, 그렇다면 성인이 되었겠네요. 요즘 아이들이 자기 부모님 말도 잘 안 듣는데 이모 말을 잘 듣겠어요?

류 : 그러게요. 언니가 돌아가신 후에 제가 몇 번은 연락을 시도해 보았는데 전화번호도 바뀌었고 연락도 안 되고 그래서 말도 못했어요.

상 : 서현 님께서 해보려고 최선을 다했네요. 이제 다 컸으니 자신이 알아서 잘 할 거예요. 걱정하지 마세요.

류 : 그래요. 이제 다 컸으니 알아서 잘할 거라 생각해요.

상 : 언니가 꿈에 나온 것은 서현 님의 언니에 대한 그리움과 안타까움이 무의식에 있다가 잠시 나온 것입니다.

오늘 서현 님께서 이렇게 마음속 깊은 이야기를 해주셔서 대단히 고맙습니다. 그리고 정말 용기가 있는 분이네요.

심리치료에서 불편한 마음을 누군가에게 정말 진솔하게 털어놓는 것은 매우 중요합니다. 이렇게 솔직하게 이야기하는 것만으로 반은 치료가 되는 것입니다. 나머지 반은 정화적 통합으로 치료할 수 있습니다.

서현 님이 해볼 수 있는 정화적 통합을 위한 몇 가지의 방법이 있습니다. 먼저, 가능하다면 시간을 내어 언니의 산소를 찾아가십시오. 거기서 언니한테 하고 싶은 말이나, 언니에게 미안했던 마음들 이러한 것들을 모두다 속이 시원하게 털어내어 놓는 것입니다. 그리고 눈물이 나면 실컷 우는 것도 좋은 방법입니다.

두 번째 방법으로 오늘처럼 서현 님의 마음을 잘 받아줄 수 있는 사람과 이야기를 실컷 하고, 그 사람을 언니라고 생각하고 언니한테 하고 싶은 말들을 모두 다 쏟아내는 것도 괜찮은 방법입니다.

그런 분이 없다면 한적한 곳에서 혼자 넋두리를 하는 것이 좋습니다. 아무도 안 듣게 혼잣말로 언니랑 이야기하는 것도 좋은 방법입니다. 그리고 집에서 혼자 있을 때 빈 의자와 이야기를 나누는 것도 아주 좋은 방법입니다. 의자를 하나 갖다놓고 언니가 거기에 앉아 있다고 생각하고 언니한테 하고 싶은 말을 모두 다 하는 것도 좋은 방법입니다. 서현 님의 가슴 깊숙하게 숨어 있던 감정들을 모두 표출하면 속이 시원하고 가슴이 후련할 겁니다.

서현 님의 마음이 괴로운 것은 마음속에서 감정이 깨끗하게 정리가 안 되었기 때문입니다. 내 마음을 언니에게 다 보여주지 못했기 때문에 언니가 서운해할 것이라는 생각 때문이 마음이 불편한 것입니다. 이럴 때에는 소통하는 것이 가장 좋은 방법입니다.

위에서 말한 몇 가지 소통 방법은 힘든 일이 아니니까 마음만 먹으면 잘 하실 수 있을 것입니다. 이것은 매우 효과가 좋은 정화적 통합입니다.

자기주도적 통합

인본주의 상담을 연구하였던 칼 로저스Carl Rogers는 모든 사람이 스스로 자기 문제를 해결할 능력이 있다는 것을 신뢰하였으며, 상담이란 무조건적 존중과 공감적 이해를 통해 내담자가 통찰력을 발휘하도록 도와주고, 그리하여 내담자 스스로 문제를 해결할 수 있도록 도와주는 것이라고 하였습니다.[21)]

필자는 로저스의 인본주의 상담을 바탕으로 하되 상담과정에서 다름과 통합의 과정을 강조하여 다음과 같이 상담을 정의하고자 합니다.

즉, 상담이란 상담자가 ①내담자와 신뢰관계를 형성하고, ②내담자 스스로 자기의 마음과 현실에서 다름이 무엇인지 찾도록 도와주고, ③그 다름을 통합하는 방법을 스스로 깨닫도록 하고, ④마음이 편안해지도록 돕는 과정이라고 하겠습니다.

특히 스스로 자신의 문제에 대한 원인을 마음과 현실의 다름에서 찾고, 다름이 당연하다는 것을 깨닫고 인정하여 마음을 고요하게 만들며, 그 다름을 통합함으로써 문제를 해결하여 마음을 편안하게 하는 것을 '**자기주도적 통합**'이라고 하겠습니다.

---

21) Carl Rogers(2016), 한승호 역. 카운슬링의 이론과 실제. 학지사.

위의 정의에서 불편한 마음의 원인을 찾는 것도 결국 내담자 본인이고, 그 다름을 통합하여 마음이 편안해지는 방법을 찾는 것도 내담자 본인입니다. 여기서 상담자는 내담자가 원인을 찾도록 도와주고 통합의 방법을 찾도록 도와줄 뿐입니다.

이런 자기주도적 통합이 일어나기 위해서는 상담자는 '물어보고, 들어주고, 내담자가 새로운 의미를 부여하게 돕는 활동'을 하여야 합니다.

여기서 '물어보고'는 내담자의 문제는 내담자의 결정에 따르겠다는 뜻으로 내담자를 한 인간으로서 존중한다는 의미를 담고 있으며, 내담자의 자유로운 선택을 인정한다는 의미입니다.

'들어주고'는 내담자가 충분하게 이야기할 수 있도록 지지적인 분위기를 만들어 주의 깊게 경청하고, 진정으로 공감하는 태도를 말하며, 내담자와 같은 편이 되어 문제를 바라본다는 의미입니다.

'새로운 의미'는 지금까지 마음을 불편하게 만들었던 기존의 부정적이고 비합리적이며 마음을 아프게 해왔던 의미를, 긍정적이고 합리적이며 치료적인 의미로 새롭게 바꾼다는 뜻입니다.

이와 같은 자기주도적 통합은 매우 유용한 방법이기는 하지만 내담자의 협조가 있을 때에만 가능한 일이기도 합니다. 내담자 스스로 자신의 문제를 똑바로 직시하고자 하는 의지와 노력이 있어야 하고, 문제를 해결하기 위해 최선을 다하는 마음과 합리적인 사고가 가능한 경우에만 효과가 있는 방법이기도 합니다.

따라서 상담의 현장에서는 상황에 따라서 합리적 통합, 거래적 통합, 정화적 통합, 수용적 통합, 현재로의 통합 등과 함께 유연하게 적용해야 할 것입니다.

[자기주도적 통합_사례1]

자녀가 스스로 선택하다

서준이는 학급에서 1, 2등을 하는 중학교 2학년 남학생입니다. 항상 공부도 잘하고 행동도 모범적인 서준이가 오늘은 조금 다른 것 같았습니다. 학원에 갔다가 집으로 돌아와서 엄마, 아빠가 거실에 있는데 인사도 하지 않고 가방을 팽개치듯이 던져버리고 자기 방에 들어가며 문을 꽝! 닫았습니다.

자, 여러분의 자녀가 서준이처럼 행동한다면 여러분은 어떻게 하시겠습니까?

자녀가 바깥에서 기분이 나쁜 일을 당하고 집으로 돌아오면 다음과 같이 해보시는 것은 어떨까요?

1단계 : 감정 읽어주기

엄마는 음료수와 과일을 들고 서준이의 방에 들어갑니다.

엄마 : 똑똑, 서준아, 엄마 들어가도 되니?

(* 아들의 동의를 구하는 것은 자녀를 존중하는 의미로 매우 좋음.)[22]

서준 : (퉁명스러운 목소리로) 예, 들어오세요.

엄마 : 우리 서준이가 목소리에 힘이 하나도 없어 보이네요. 기분이 안 좋아 보이는데 무슨 일 있었니?

(* 엄마는 가장 먼저 서준이의 감정을 읽어주고 있습니다.)

서준 : 아무것도 아니에요.

엄마 : 음, 엄마가 알면 안 되는 비밀 내용인가 보네. 엄마는 우리 서준이가 화가 난 것 같이 보여 조금 걱정이 된다. 엄마도 힘든 일이 있으면 서준이한테 의논할 테니 서준이도 마음이 불편한 거 있으면 엄마에게 말해주면 좋겠어요. 혹시 엄마가 도움이 될지도 모르잖아.

(* 얘기하라고 윽박지르지 않음. 비난하지 않고 존중하는 태도임.)

서준 : 학원에서 기분이 안 좋은 일이 있어서 그래요. 별거 아녜요.

엄마 : 아, 학원에서 기분이 안 좋은 일이 있었구나! 어쩐지...

(* 엄마는 서준이 말을 그대로 반영해주고 있음.)

누가 우리 서준을 기분 나쁘게 했지? 친구인가?

서준 : 아니, 학원 선생님이요.

엄마 : 선생님이? 혹시 무슨 잘못이라도?

---

22) (*)는 상담기법으로 상담자의 반응을 표시함.

서준 : 내가 잘못한 게 아닌데 선생님은 자세히 알아보지도 않고 나만 혼내잖아요?

2단계 : 경청하기

엄마 : 선생님께 혼나서 그렇게 화가 났구나! 이야기 해줄래? 엄마가 함부로 나서지 않고 비밀 지켜줄게.

(* 아이의 감정을 읽어주고 있음. 아이의 걱정을 안심시킴)

서준 : 사실은 학원에서 수업시간 중에 왼쪽에 앉은 김광우가 오른쪽에 앉은 수진이에게 쪽지편지를 던졌어요. 그런데 그 쪽지가 땅에 떨어졌어요. 김광우가 자꾸 나를 보고 주워 수진에게 좀 전달해달라고 해서 그것을 줍다가 선생님께 걸렸어요. 선생님은 내용도 안 보고 수업시간에 쪽지 전달한다고 나를 꾸중하시는 거예요. 자세히 알아보지도 않고.

(* 서준이가 말하는 동안 주목하고 눈빛으로 반응하며 경청함.)

엄마 : 서준이 엄청나게 억울했겠다. 네가 쓴 편지도 아닌데 꾸중은 혼자 들었으니...

(* 아이의 억울한 감정을 읽어주고 있음.)

서준 : 정말 억울해요. 학원을 다른 데로 옮길까 봐요.

엄마 : 그렇게 억울하면 왜 솔직하게 말하지 않았을까?

서준 : 엄마는..., 남자가 고자질하는 것은 의리 없는 거예요.

엄마 : 아, 그렇구나! 의리가 있었네. 서준이가 의리가 있지.

(* 아는 척 하지 않고, 아이의 의견에 맞장구로 신뢰관계를 형성함)

서준 : 그러니까요. 진실을 알려주려고 하니 의리가 걸리고, 그냥 있으려니 억울한 생각이 들고.

엄마 : 그래, 우리 서준이는 어떻게 했으면 좋겠니?

(* 엄마가 해결책을 주기 전에 자녀에게 물어봄_ 존중의 태도)

서준 : 모르겠어요. 화가 나고 억울하기도 하고...

엄마 : 그래 화가 나고 억울한데 어떻게 해야 될지는 모르겠다는 말이지?

(* 반영해주고 있음)

3단계 : 대안 찾아보기

엄마 : 그러면, 엄마가 아이디어가 있는데 들어볼래?

(* 의견을 말할 때도 강요하지 않음)

서준 : 뭔데요?

엄마 : 지금 이야기를 들어보니까 서준이가 선택할 수 있는 방법이 4가지 정도 되는 것 같아.

서준 : 그것이 무엇인데요?

엄마 : 첫째, 서준이가 억울한 생각이 드니까 선생님께 찾아가서"어제 일은 이렇게 된 것입니다. 그래서 저만 혼나는 것은 억울한 일입니다."이렇게 말하는 것이지.

서준 : 그건 의리 때문에 안 된다고 했잖아요.

엄마 : 그럼, 둘째는 학원을 옮기는 것은 어때?

서준 : 저도 생각을 해봤는데. 꼭 무서워서 도망가는 느낌이 들어서 아닌 거 같기도 해요.

엄마 : 그렇지? 도망가는 것 같다. 그지?

서준 : 맞아요. 내가 잘못한 것도 아닌데.

엄마 : 셋째, 아무 일도 없었던 것처럼 그냥 지내는 건 어때?

서준 : 마음은 기분이 나쁜데 아무 일 없는 것처럼 있는 것도 이상하고…

엄마 : 그럼, 넷째로 서준이가 수용하는 방법은 어때?

서준 : 수용하는 방법이 뭐예요?

엄마 : 현실을 긍정적으로 해석해서 받아들이는 거지.

서준 : 어떻게 하는 건데요?

엄마 : 가령, 서준이 선생님을 찾아가서 "선생님, 제가 수업시간에 쪽지를 전달해서 수업을 방해했습니다. 정말로 죄송합니다."라고 말씀드리는 거지. 사정이 어찌 되었든 쪽지를 전달한 것은 사실이고, 수업시간을 방해한 것도 사실이니까.

4단계 : 자녀가 선택하기

서준 : 음~.

엄마 : 그렇게 선생님과의 소통을 시작해놓고 보면 선생님도 무슨 말씀을 하실 거야. 그 말씀에 따라 더 깊은 얘기도 할 수 있고 나중에는 결국 선생님도 서준이 혼자만 잘못했던 것이 아니라는 것을 아시게 될 거라고 생각해.
(* 강요가 아니라 스스로 선택할 수 있도록 하고 지지해줌)

서준 : 예, 생각해볼게요.

엄마 : 어느 쪽을 선택하든 엄마는 서준이를 응원할게.

서준 : 예, 무엇인지 모르지만 조금 밝아졌어요. 좋은 선택을 하도록 해볼게요. 엄마 고맙습니다.

위의 사례에서 서준이는 어떤 선택을 하게 될까요?

제 생각에는 어떤 선택을 해도 괜찮다고 생각합니다. 서준이는 커가면서 어떠한 어려운 문제에 부딪히더라도 어머니에게 배운 대로 여러 가지 대안을 하나씩 검토해가면서 현명하게 선택할 것이기 때문입니다. 아이들에게 정답을 알려주는 것보다 생각하는 방법을 가르쳐주는 것이 더욱더 지혜로운 일이기 때문입니다.

서준이의 엄마가 더욱더 현명한 것은 수용하는 방법을 대안으로서 넣었다는 것입니다. 현실의 상황을 수용하고 현실을 기반으로 해서 문제를 해결해나가도록 안내하고 있기 때문입니다.

[자기주도적 통합_사례2]

채원이의 열정페이

평소에 가깝게 지내는 이웃에 사는 친척의 딸 채원이는 지난해 전문대학을 졸업하고 부산에 있는 B병원 치과에 치위생사로 취직을 하였습니다. 지난 1년 동안 직장 생활을 성실하게 잘 하는 것으로 알았는데, 최근에 채원이가 너무 힘들어하고 우울해하여 상담을 하게 되었습니다.

채원 : 박사님, 안녕하세요?

상 : 응, 채원이구나! 오랜만이네. 대학을 졸업하고 취직해서 부산에 있다는 얘기를 들었다.

채원 : 예. (콜록)

상 : 저런, 감기가 걸렸구나!

채원 : 예, 몸살감기…

상 : 날씨가 변덕이 심했는데, 채원이 일도 힘들었구나!

채원 : 예.

상 : 채원이 치과에 들어간 지 1년 되었나? 아직 병원에서는 거의 막내지? 밑에 후배가 생겼나?

채원 : 아니요, 제가 아직은 막내예요. 제 바로 위에 2년차 선생님이 있어요.

상 : 그러면 힘든 점이 많겠네. 지금은 약 1년 정도 되었으니 일도 조금 숙달이 되어 선배들이 일 시키기도 좋겠고…

채원 : 예, 사실 조금 많이 힘들어요. 텃새도 심하고 그래요.

상 : 채원이가 근무하는 팀이 몇 명 정도 되나?

채원 : 우리 팀이요? 의사 선생님 두 분이 계시고, 위생사는 계장님하고, 10년차 쌤 하나, 5년차 쌤 하나, 3년차 쌤 하나, 2년차에 쌤 하나, 저 그렇게 위생사 쌤 6명이네요.

상 : 아이구, 위생사 선생님 6명 중에서 제일 막내구나! 엄청 힘들겠는데? 여러 사람이 같이 일을 하면 한 사람은 꼭 사람을 힘들게 하지. 제일 힘들게 하는 사람이 누구야?

채원 : 예, 신 쌤이라고... 10년차 쌤인데 다른 치과에서 근무하다가 우리 병원에 왔는데, 10년차이면 어디 한자리를 하고 있을 텐데 그렇지 않은 것을 보면 실력이 있는 거 같지도 않고, 후배들 혼낼때는 애들 꾸중하듯 무시하고, 환자가 컴플레인을 하면 자기가 잘못한 걸 후배가 잘못해서 그런 것처럼 여러 사람 앞에서 후배를 꾸중해요.

상 : 자기가 잘못한 걸 후배에게 뒤집어씌우는구나!

채원 : 예, 그리고...

상 : 신 쌤이 10년차이면 팀에서 가장 선임이겠네?

채원 : 예.

상 : 성질이 그러면 아래의 후배 선생님들이 정말 힘들겠다. 채원이는 신 쌤한테 당한 거 없어?

채원 : 한 2주 전에 저도 한 번 걸렸어요.

상 : 채원이가 뭘 잘못했어?

채원 : 아니에요, 잘못한 게 아니고... 치과에선 하루의 일을 마치고, 기구를 씻어놓아야 하거든요. 쌤들이 타구 씻는 걸 제일 싫어하는데...

상 : 타구가 뭐야?

채원 : 아, 치료할 때 침 뱉는 통 있잖아요. 하루 일을 마치면 그것을 컴프레셔 끄고 씻어놓아야 하는데...

상 : 씻어놓아야 하는데?

채원 : 신 쌤이 저보고 내일 아침에 씻어놓으라고 하잖아요?

상 : 그래서? 안 한다고 했어?

채원 : 아니요. 원래 힘들고 지저분한 온갖 잡무들은 경력이 적은 쌤들이 다 해야 해요. 사실 아침에 바빠 그거 씻을 시간이 안 나요. 그래서 씻어 놓고 퇴근하려고 씻고 있었는데, 6년차의 김 쌤이 보고는 저 혼자 하는 것이 불쌍하게 보였는지 3년차의 차 쌤한테 같이 하라고 했어요. 차 쌤은 남자 위생사예요. 그래서 차 쌤과 함께 그것을 씻어놓고 퇴근을 했어요.

상 : 잘했네. 그러면 됐지.

채원 : 그런데 다음 날 출근을 해서 화장을 하면서 신 쌤이 아주 기분 나쁘게 말을 했어요.

"아침에 하기가 싫었니?"

나는 속으로 성질이 나서 "네?"했다가 "아침에 하면 덜 마를 것 같아서" 하고 꼬리를 내렸어요. 그러니까 신 쌤이 "패킹을 수건으로 닦으면 되잖아?" 그러잖아요.

나는 속으로 생각했어요. '지는 한 번도 안 하면서...' 왜 치과병원에서 저 경력 쌤들만 부려먹고는, 늘 꾸중만 하는지 모르겠어요. 같이 하면서 가르쳐주면 좋잖아요. 자기들은 퇴근하고 일찍 집에 가고 졸병들만 부려먹고, 힘들게 일하고 나면 기분 나쁘게 뭐라 그러고.

상 : 음..., 채원이가 억울하고, 많이 힘들었구나!

그런데, 채원이가 볼 때 신 선생님이 왜 그렇게 심술을 부리는 것 같아?

채원 : 모르겠어요.

상 : 신 선생님의 나이가 얼마나 되었지?

채원 : 삼십삼이요.

상 : 음, 애인은 있고?

채원 : 애인이 없다고 하는데 정확하게는 모르겠어요.

상 : 아, 삼십삼인데 아직도 애인이 없다? 그럼, 신 선생님이 계장님에게 대하는 태도는 어떻게 보여?

채원 : 음... 계장님한테는 아주 친절한 느낌, 필요 이상으로 상냥한 태도...

상 : 계장님은 몇 년 차인데?

채원 : 음, 계장님은 9년 차요. 그러고 보니까 신 선생님보다 경력이 1년이 적어요.

상 : 그렇구나! 나이가 삼십삼인데 애인도 없다. 직장에서는 승진이 되지 않고, 1, 2년 차의 경력이 낮은 쌤들하고만 어울린다. 자기보다 경력이 적은 사람을 계장으로 모시고 있어야 한다. 나이는 들어가고 인정은 받지 못하고...

채원 : 그러고 보니, 좀 그러네요.

상 : 회사 생활이 재미가 없겠다. 그지? 사는 재미가 없으면 1, 2년차 채원이처럼 젊고 예쁜 아가씨들을 보면 질투도 날 것이고, 심술이 늘어날 수도 있을 것 같고... 조금은 이해가 되네.

채원 : 하긴 조금 불쌍하기는 해요. 남자친구도 없이...

상: 그런데, 신 쌤이 채원이한테 불합리하게 할 때에는 바로 얘기하면 되지 않나? 가령,

"신 선생님은 안 하고 왜 저만 시키세요?"

"일을 마치고 나면 칭찬 좀 해주시면 안 돼요?"

"신 선생님, 왜 저만 괴롭히세요?"

이렇게 정면으로 얘기를 해보는 건 어떨까?

채원 : 그거요. 좀 어려워요.

상 : 왜 그렇지?

채원 : 지금은 제가 가만히 있으니까 착하다고 사람들이 저의 편을 들어주는데요. 만약에 제가 할 말을 딱딱 하면 다른 쌤들이 저를 안 좋아해요. 그리고 치과는 좁아서 소문이 퍼져서 다른 데 가서도 일을 못해요.

상 : 아, 그렇구나! 그럼 이러지도 저러지도 못하고 채원이가 정말 힘들겠구나!

채원 : 어쩔 수 없지요.

상 : 그럼, 채원이가 앞으로 선택할 수 있는 경우의 수는 몇 가지야?

채원 : 두 가지요.

상 : 무엇인데?

채원 : ①참고 그냥 일한다. ②퇴사한다.

상 : 그러네. 참지 않고 할 말을 다하면서 일하는 것은 방금 안 된다고 했으니까. 그럼, 한 가지씩 얘기를 해보자.

① 참고 그냥 일하는 걸 선택했을 경우에 어떨 것 같아?

채원 : 잡무가 너무 많은 것이 힘들어요. 지금 우리 팀에서 2~3년차 쌤들이 너무 힘들어서 3명이 퇴사할 것이라고 하고 있어요. 아마 그 쌤들 나가고 나면 잡무가 나한테 다 몰릴 것 같아요. 그게 제일 걱정이에요.

상 : 참고 그냥 일하는 것도 쉬운 일은 아니로구나! 그러면 신 쌤이 괴롭히는 건 참을 수 있어?

채원 : 여러 친구들한테 들어봤는데, 어디를 가더라도 그런 선배는 한 명씩은 있는 것 같아요. 모든 세상이 그러면 어쩔 수 없잖아요.

상 : 음, 어디를 가도 그런 선배는 있다? 모두 그렇다면 어쩔 수 없다?

채원 : 그렇잖아요?

상 : 응, 그렇지.

채원 : 지금 누가 상담선생님예요?

상 : 아, 그래, 네가 상담자 같구나!

상 : 그럼, 사람 관계보다 더 힘든 것이 잡무이다?

채원 : 사실 그 일이 힘들어서 그런 것보다 그런 일에 치여서 하다 보면 밥 먹을 시간도 없고, 화장실 갈 시간도 없어서 방광염이 걸릴 정도로 시간이 부족한 게 제일 힘들어요.

상 : 뭐라고? 화장실에 갈 시간도 안 준다고?

채원 : 안 주는 것이 아니라. 지금 계속 환자를 받아야 하고, 어시스트를 해야 하고, 기구나 약을 미리 준비해야 하고, 화장실을 어떻게 가요? 진료가 당장 스톱될 텐데…

상 : 그래도 그건 너무 심했다. 화장실에도 편하게 가지 못한다면 그건 인간의 기본권 침해 아냐? 아… 위생사들이 엄청 고생이 많구나! 언제나 깨끗하고 하얀 가운을 입고 친절하고 그래서 좋아보였는데.

채원 : 겉으로 멋있게 보여서 저도 멋모르고 지원을 했는데 보이지 않은 단점이 훨씬 많아요. 그래서 조금 시간이 있는 다른 치과를 알아보고 싶어요.

상 : 그랬구나, 힘들었겠네.

채원: 이야기를 하다가 보니까 그러네요. 저도 지금까지는 심 선생님이 괴롭히는 것만 생각했는데 사실 여러 가지 어려움이 겹쳐서 힘들었던 것 같아요.

상 : 음, 그랬구나! 그럼 '퇴사한다.'쪽으로 기울어지나?

채원 : 그것도 사실 쉬운 일은 아니에요.

상 : 그래, 어떤 일이 제일 어려울 것 같아?

채원 : 지금은 제가 불만이 많기는 해도 약 1년 근무했으니까 어느 정도 안정 되어 있잖아요?

상 : 그렇지.

채원 : 만약, 퇴사를 하게 되면 다른 치과에 들어갈 때까지 월급이 없잖아요? 그동안 경제적인 손실... 다른 치과에 들어가게 되면 치과 근처로 방을 옮겨야 되고...

상 : 주로 경제적인 문제가 많구나!

채원 : 예, 그러면 부모님께 걱정을 드리게 되고.

상 : 아! 그렇구나! '①참고 일한다.'도 문제가 많이 있고, '②퇴사하고 옮긴다.'도 쉬운 일이 아니네.

채원 : 그런데, 이렇게 박사님과 이야기를 많이 나누다 보니 정리가 조금 되는 것 같아요.

상 : 어떤?

채원 : 처음 얘기를 시작할 때만 하더라도 신 선생님에 대한 갈등과 그것 때문에 힘든 것이 전부였는데, 지금 박사님과 이야기를 하다 보니까 그것은 어쩌면 이해되는 부분도 있고, 참을 수도 있겠다는 생각이 들었어요.

진짜로 큰 문제는 B병원의 시스템에서 참고 근무한다는 것은 신 선생님 문제보다 화장실 가는 시간, 점심시간 등 시간부족 문제와 잡무를 졸병에게만 많이 시키는 문제가 더 크게 느껴지는 것 같아요.

상 : 이야기를 하면서 채원이 스스로 정리를 조금 했구나!

채원 : 예..., 퇴사를 해서 다른 치과를 가는 것도 쉬운 일이 아니라는 것을 다시 느끼게 되었구요.

상 : 그럼, 어떻게 할 생각이야?

채원 : 조금 있으면 새로 연봉을 정할 건데 일단 그때까지는 기다려보려고 해요.

상 : 기다려서?

채원 : 어차피 제가 돈을 벌려고 병원에 취직한 거니까 제가 하는 일과 제가 받는 페이를 비교해서 결정하려구요.

상 : 음... 그래?

채원 : 그동안 고민하고 갈등만 하고 어쩌지 못했는데 박사님과 얘기를 하다보니까 계산이 돼요. 이제 마음이 조금은 홀가분해졌어요. 상황을 보고 제가 선택할 수 있는 것은 선택을 하고, 제가 선택할 수 없는 것이고 다른 병원에 가도 어차피 수용해야 할 것이라면 받아들이는 수밖에 없구요. 기분이 괜찮아졌어요. 박사님, 고맙습니다.

상 : 아! 그래, 기분이 괜찮아졌다니 정말 다행이구나!

채원이는 나와 이야기하는 동안에, 혼자 자기 이야기를 모두 하고는 스스로 깨달음을 얻어서 정리를 하고 돌아갔습니다. 저는 이럴 때 기분이 참 좋습니다.

살아가면서 어려움을 만나는 것은 누구나 있는 일인데 사람마다 어려움을 헤쳐 나가는 방법을 각각 다르다는 것을 봅니다. 그리고 가장 좋은 방법은 해결책을 스스로 찾아내는 것입니다. 자신이 선택한 것은 자신이 수용하고 책임질 수 있으니까요.

[자기주도적 통합_사례3]

별이의 열정페이

필자의 아들 별이는 지방 국립대학으로는 제법 유명한 K대학 건축학과를 졸업하고 얼마 전에 서울에 있는 작은 회사에 취직을 하였습니다.

건축회사는 보통 규모가 작고 요즘은 건축경기가 좋지 않아 대졸 초임 연봉이 2400만 원 정도인데 자기는 운이 좋아서 연봉 3000만 원을 받게 되었다고 좋아하며 아들은 서울로 올라갔습니다.

별이는 꼼꼼한 성격이라 채용면접에서 근무시간에 대해 물어 보았다고 했습니다. 근무시간은 오전 9시까지 출근에 오후 6시에 퇴근이었고, 야간근무는 자주 있는 것은 아니라서 야간근무수당은 없고 대신 연봉이 다른 회사보다 많으며 회사의 업무가 많을 때 가끔 야간근무를 한다고 하였습니다. 별이는 연봉이 다른 회사보다 600만 원이나 많으니까 야간근무가 조금 있어도 할 만하다고 생각을 했습니다.

두 달 정도는 특별하게 불만 없이 잘 지내고 있다고 했으며 회사의 선배나 간부님들이 잘 대해주시고 자신을 끝까지 키워주신다는 말을 해서 기분이 좋다고 했습니다. 그리고 회사를 잘 선택한 것 같다고도 했습니다.

그러다 며칠 전 밤늦게 별이한테서 전화가 왔습니다.

회사가 너무 힘들다고 하소연하는 전화였습니다.

필자 : 응, 별님, 잘 지내고 있나?

별 : 예, 아빠 잘 계셨어요?

필자 : 그래, 나는 늘 잘 있지요. 별일은 없고 몸은 건강하지?

별 : 잘 있고 몸은 건강한데 별일이 조금 있습니다.

필자 : 왜? 무슨 일인데?

별 : 그게... 아빠, 나 퇴사하고 다른 회사를 알아볼까 봐요.

필자 : 왜? 회사에서 무슨 일이 있었나?

별 : 무슨 일이 있었던 건 아니고. 조금은 힘들어서요. 요즘 야근이 너무 많은 것 같아요.

필자 : 그래? 야근을 얼마나 하는데?

별 : 거의 매일 해요.

필자 : 그래? 야근을 하면 몇 시까지 근무를 하나?

별 : 보통 밤 11시까지요.

필자 : 11시? 그거 너무 늦은 것 아니가? 야근 수당은 있나?

별 : 야근 수당이 있으면 불만이 없지요.

필자 : 아, 야근 수당이 없는 대신에 연봉이 다른 회사들보다 조금 세다고 했었지?

별 : 예, 그 때는 야근을 가끔씩 한다고 했었는데, 지난달에 제가 말은 안했지만 20일 넘게 11시에 퇴근을 했어요.

필자 : 한 달에 20일이면 거의 다 야근을 했다는 말 아니냐?

별 : 그런 셈이죠. 그런데도 야근 수당은 없고... 제가 꼼수에 당한 것 같아요.

필자: 음, 그래?

별 : 예, 제가 계산을 해봤습니다. 다른 회사에서 월 200만 원으로 연봉 2,400만 원을 주는데 그것은 초과근무시간을 포함시키지 않은 것이었습니다.

대략 초과근무 월 50시간이고, 초과수당 월 50만 원을 합하면 연간 총 받는 돈이 약 3,000만 원 정도가 되요.

필자 : 응. 그렇구나!

별 : 우리 회사에는 연봉이 3천만 원이니까 같아요. 그런데 초과근무는 대략 월 100시간이고, 초과수당은 없습니다.

(수당 없는 초과근무만 월 50시간 더 많은 셈입니다.)

지금 우리 회사처럼 11시까지 근무하면, 퇴근시간 이후 야근시간이 5시간입니다. 그러면 하루에 7만 5천 원의 야근 수당을 줘야 하고, 지난달에 20일간 야근을 했으니 야근수당이 월 150만 원이 됩니다.

계산하면 연간 초과근무수당 150만원*12=1,800만 원입니다. 그럼 연간 총 급여가 4200만 원이 되어야 합니다.

필자 : 아, 그럼 얼마를 더 받아야 되는 거야?

별 : 예, 지금보다 1200만 원을 더 받아야 맞습니다.

필자 : 아, 속임수를 쓰고 있었네. 총 근로시간이 주 52시간 이상을 하지 못하게 되어있지 않나?

별 : 맞아요. 원칙적으로 주52시간 이상 근무하면 안 되는데 저는 주당 65시간을 근무하고 있습니다. 수당도 없이.

필자 : 아, 그렇구나! 많이 억울했겠다.

별 : 예, 억울해요. 회사가 법을 교묘하게 이용하고 있어요.

필자 : 그래, 그건 나쁘다. 두루뭉술하게 연봉을 좀 더 주는 방법으로 수당도 주지 않고 떼먹고 있구나!

별 : 그렇지요?

필자 : 그래, 나쁜 놈들이 맞네.

별 : 차라리 처음부터 솔직하게 얘기하고 우리 회사는 사정이 이러하다. 그러니 연봉이 이렇게 결정되고 야근 수당은 이렇다고 했다면, 그리고 제가 그것을 알고 들어 왔다면 기분이 나쁘지 않고 일할 수 있겠는데요.
제가 면접 볼 때, 분명히 말씀하셨거든요. 야근은 회사의 일이 많을 때 가끔 한다고 했어요. 그런데, 한 달 22일 중에 20일을 야근을 하면 그건 가끔이 아니고 90%가 넘잖아요? 회사에 처음 들어오는 사회의 초년생이라고 속이는 것은 정말 나쁜 어른들이라고 생각해요.

필자 : 그래, 별이 네 말이 맞다. 나쁜 어른들 맞다.
어떻게 할 생각이니?

별 : 그래서 고민 중이에요. 여기 저기 알아보고 있어요. 제가 대학성적은 좋아서 취직은 잘 되니까 걱정 마세요. 그냥, 기분이 나쁘고 마음이 싱숭생숭해서 아빠한테 하소연을 해본 거예요. 제가 하고 싶었던 말을 실컷 할 수 있어서 좋았어요. 속이 후련해요.

필자 : 그래, 아빠도 어른의 한 사람으로 너희들이 자유롭고 정직하게 살 수 있는 사회를 만들어주지 못해서 미안하구나! 청년들의 순수함과 열정을 속이는 나쁜 사람들이 없도록 사회 제도를 빨리 만들었으면 좋겠구나!

별 : 괜히 아빠 걱정만 시켜 드렸네요.

필자 : 아니다. 네 걱정을 아빠하고 의논해줘서 오히려 내가 고맙다. 잘 생각해보고 좋은 쪽으로 선택하도록 해라.

별 : 예, 아빠 걱정 마세요. 안녕히 주무세요. 사랑합니다.

필자 : 그래~ 나도.

아들과 전화 통화를 마치고 잠을 이룰 수 없었습니다.

우리의 아들딸들은 세상이 그러하면 그런가 보다 하고 수용할 수밖에 없을 것입니다. 그 아이들도 세상에 적응하고 살아갈 수밖에 없기 때문입니다.

제가 지금 이 책에서 '수용의 통합'을 말하고 있지만 이런 일들은 '수용해야 마음이 편안하다'하고 말하기는 제 마음이 불편합니다.

우리 사회는 어른들이 만들어 놓고 아이들은 이를 본받아 사회를 좀 더 새롭게 만들어가고 발전시켜 나가는 것 아니겠습니까? 어른들이 조금 어렵다고 순수하고 착한 아이들에게 정직하지 못한 속임수를 쓰고, 꼼수를 사용해서 이익을 취한다면 우리 아이들이 과연 무엇을 배우겠습니까?

어른 여러분!

20년을 힘들게 공부하고 이제 막 사회에 첫발을 딛는 모든 청년들은 사업주 여러분의 자녀들과 똑같이 소중한 우리나라의 자녀들입니다. 이 청년들이 바르고 정직하게, 성실하게 일하는 건강한 젊은이가 되도록 도와줍시다.

수용적 통합

수용한다는 의미는 내 마음이 받아들인다는 뜻입니다. 이 세상에서 일어나는 일들 가운데에서 '당연하다고 생각하는 일'이거나 '그럴 수 있다고 생각하는 일'을 우리는 마음에서 잘 받아들입니다. 즉 수용한다는 뜻입니다.

독자 여러분의 이해를 돕기 위하여 다음의 일에 대하여 어떤 일인지 판단해보시기 바랍니다. 다음의 글을 읽고 당연한 일이면 **'당'**, 그럴 수 있는 일이면 **'그'**, 그럴 수 없는 일이면 **'불'**이라고 써 주세요.

1. 지금 여름철인데 덥다. ( )
2. 여름철인데 태풍이 오고 있다. ( )
3. 오늘 해질녘에 노을이 빨갛게 물들었다. ( )
4. 기차가 하늘로 날아간다. ( )

5. 저녁때가 되니 배가 고프다. ( )
6. 맛있는 바비큐를 보니 배가 고프다. ( )
7. 배가 고픈데 아내가 아직 집에 오지 않았다. ( )
8. 옆집 아기가 시끄럽게 울어대고 있다. ( )

9. 운전을 하는데 택시가 갑자기 끼어들었다. (　)
10. 열차를 기다리는데 10분이나 늦게 도착했다. (　)
11. 횡단보도에 초록불인데 차가 달려온다. (　)
12. 상사가 사소한 일로 트집을 잡는다. (　)

13. 거래처 사람이 약속을 지키지 않는다. (　)
14. 열심히 일하고 월급을 받았다. (　)
15. 사람들이 내 마음을 알아주지 않는다. (　)
16. 황소가 송아지를 낳았다. (　)

17. 쌍꺼풀 수술을 하고 싶은데 부모님이 안 해주신다. (　)
18. 학교에서 일등을 하고 싶은데 안 된다. (　)
19. 공부를 열심히 했는데 성적이 안 오른다. (　)
20. 수탉이 알을 품었다. (　)

21. 어떤 사람이 로또 1등에 당첨되었다. (　)
22. 어떤 사람이 길을 가다가 똥을 밟았다. (　)
23. 착한 사람이 들판에서 벼락을 맞았다. (　)
24. 도둑이 내 가방을 훔쳐갔다. (　)

수고하셨습니다.
제가 생각한 답은 다음과 같습니다.

1	2	3	4	5	6	7	8	9	10	11	12
당	그	그	불	당	당	그	그	그	그	그	그
13	14	15	16	17	18	19	20	21	22	23	24
그	당	그	불	그	그	그	그	그	그	그	그

제 생각이 여러분의 생각과 같습니까? 혹 생각이 다른 분들도 있을 수 있겠지요.

세상의 일은 당연한 일과 그럴 수 있는 일과 그럴 수 없는 일로 나눌 수 있습니다. 그런데 그럴 수 없는 일은 불가능한 일이므로 이 세상에서 일어날 수가 없습니다.

위에서 말한 '기차가 하늘로 날아간다.'라든지 '황소가 송아지를 낳았다.'는 것은 그럴 수 없는 일이 되겠지요. 이런 일들은 불가능한 일입니다. 그리하여 그런 일들은 우리가 볼 수도 들을 수도 없는 일입니다.

그러므로 이 세상에서 일어나는 일은 모두 '당연한 일'과 '그럴 수 있는 일'만이 일어난다고 할 수 있습니다.

우리는 "어떤 사람이 로또 1등에 당첨이 되었다."라는 이야기를 듣고 그럴 수 있는 일이라고 생각합니다. 사실 로또 1등에 당첨될 확률은 '800만 분의 1정도' 밖에는 안 된다고 합니다. 엄청나게 적은 확률의 일이 발생했음에도 우리는 별로 놀라지 않고 '그럴 수 있어'라고 받아들입니다.

"어떤 사람이 길을 가다가 똥을 밟았다."는 이야기를 듣고 우리는 충분히 '그럴 수도 있어'라고 수용을 합니다. 그런데 여러분 자신이 길을 가다 똥을 밟았다면 여러분은 어떻게 생각할까요? 아무렇지 않게 "내가 똥을 밟았군! 음, 그럴 수 있는 일이야!" 이렇게 말할까요? 아니면, "뭐야, 재수 없게 누가 여기에 똥을…" 이라고 할까요?

여러분이 그럴 수 있는 일이라 수용하든지 또는 재수 없다고 화를 내든지 여러분이 똥을 닦고 신발을 씻어야 하는 것은 같습니다. 즉, 여러분이 해야 할 일은 수용을 하든지 안 하든지 같다는 말이지요. 해야 할 일이 같다면 굳이 기분까지 나쁠 필요는 없겠지요?

이와 같이 똑같은 일이 일어났음에도 우리의 생각이나 감정이 매우 다르다는 것을 알 수 있습니다. 결국은 생각이나 감정은 '일어난 사실'에 따라 결정되는 것이 아니라 나와 관련이 있느냐 없느냐에 따라 결정되고, 나의 생존과 행복에 도움이 되느냐 아니냐에 따라 결정되는 경우가 많다고 할 수 있습니다. 다시 말하면 일어난 일에 대하여 우리가 어떻게 생각하느냐에 따라서 그것이 당연한 일도 되고 그럴 수 있는 일도 되고, 그럴 수 없는 기분 나쁜 일도 되는 것입니다.

다르게 표현하면 어떤 일을 수용하면 기분이 괜찮은데 어떤 일을 수용하지 못한다면 '그럴 수 없는 기분 나쁜 일'로 규정되어지고 우리의 기분이 나빠진다는 것입니다. 여기서 우리는 '수용하는 마음'의 중요성을 찾을 수 있을 것입니다.

그리고 어떤 일이 발생하여 문제가 되었다면 그 문제를 해결하는 방안을 찾는 데에도 '수용하는 마음'이 중요하다는 것을 짐작할 수 있습니다. 문제를 해결하는 방안을 찾는 것은 현재의 실태를 냉정하고 정확하게 파악하는 것이 중요한데 기분이 나쁜 상태나 감정이 격한 상태에서는 냉정한 상황파악을 잘 할 수 없기 때문입니다.

그럼에도 불구하고 사람들은 우리 앞에 일어나는 일에 대하여 우리에게 불리한 것은 더욱 수용하지 않으려는 경향이 있는 것 같습니다. 그 중에서 우리에게 매우 중요하지만 일반적으로 수용하기를 주저하는 내용들에 대해 이야기해볼까 합니다.

[수용적 통합_사례1]

선생님의 사직서

송도초등학교 보건선생님으로 계시는 박수아 선생님이 자기의 능력이 부족하다고 걱정하여 사직서를 제출하고 출근하지 않았습니다. 박 선생님의 상황과 생각을 들어 보고 다름이 무엇인지 알아차리고 어떠한 '통합'을 해야 하는지 생각해봅시다.

교감 : 교장선생님, 큰일 났습니다.

최 교장 : 교감선생님, 무슨 일인데 그렇게 다급하게...

교감 : 보건선생님을 기간제로 어렵게 구해놓았는데, 오늘은 출근을 안 했습니다. 어제 저한테 힘들어서 못하겠다고 하더니 오늘 기어코 나오지 않았습니다. 보건실의 책상 위에 사직서가 놓여있었습니다.

최 교장 : 아, 그래요? 무슨 사정이 있었습니까?

교감 : 예, 박 선생님이 병원에서 근무를 하셔서 그런지 초등학교에 처음이라서 하나도 모르겠고 어려워 못하겠다고 했습니다. 우리학교는 시골이라서 보건교사들이 지원을 하지 않습니다. 그리고 보건교사 자격을 가진 분이 없습니다. 겨우 채용해서 일주일도 되지 않았는데... 이제는 지원자도 없을 텐데...

최 교장 : 그렇군요. 박 선생님한테 연락을 보내서, 사직서를 교장선생님께 직접 제출해야 하므로 학교에 오시라고 하세요.

교감 : 예, 알겠습니다.

평소 쾌활하고 밝은 교감선생님은 큰일이라며 걱정을 하면서 돌아갔습니다. 생각을 해보니 최 교장도 걱정이 되기는 마찬가지였습니다. 보건선생님이 없으면 아이들의 안전도 걱정이 되고 업무도 문제가 되기 때문이었습니다.

최 교장은 내일 박 선생을 만나본 후에 걱정을 하기로 하고 걱정을 뒤로 미루었습니다.

다음날, 약속한 열 시 반이 되어 박 선생님이 교장실의 문을 두드렸습니다.

최 교장 : 예, 들어오십시오.

박 선생님(이하 박) : 안녕하세요?

최 교장 : 예, 안녕하세요? 앉으십시오.

박 : 걱정을 끼쳐드려서 죄송합니다.

최 교장 : 그래요. 속으로 고민을 많이 하셨지요?

박 : 예, 며칠을 고민했습니다.

최 교장 : 그래, 걱정되는 것이 무엇입니까?

박 : 저의 능력이 부족해서 학교와 아이들에게 피해가 될 것 같아서 근무하기가 어려울 것 같습니다.

최 교장: 아, 그렇게 생각하셨군요. 그래, 어떤 능력이 부족하다고 생각하셨습니까?

박 : 예, 병원에만 10년 정도를 근무를 해서 병원의 간호사 업무는 잘 알겠는데 초등학교 보건교사 업무는 서류가 많아서 그걸 전혀 모르겠습니다.

최 교장 : 아 그렇군요. 그런데 어떻게 우리 송도초등학교에 지원을 하게 되었습니까?

박 : 예, 병원에 10년을 근무하다가 가정 사정으로 2년 정도 쉬게 되었습니다. 그리고 복직을 하려고 했는데 이제는 제 나이가 사십 중반이 되어, 병원에 가려고 하면 팀장으로 가야 하는데 팀장 자리는 잘 나오지 않아 기다리고 있었습니다. 그때 보건교사 채용공고가 있어서 지원을 하게 되었습니다.

최 교장 : 그렇지요? 박 선생님은 경력이 있어서 병원에서는 팀장으로 가시는 것이 맞겠습니다. 그런데 초등학교는 어떠한 마음으로 지원을 하게 되었습니까?

박 : 사실은 응급실이 항상 정신없이 바쁘고, 사람의 생명이 시간을 다투면서 스트레스가 많은 곳이라 잠시 쉬었다가 다시 병원에 가려니까 겁이 좀 났습니다.

최 교장 : 그렇지요. 응급실은 그만큼 위급하고 중요한 일을 하는 곳이라 힘든 곳이지요.

박 : 예, 그래서 옛날에 대학교 때 보건교사 자격증을 따놓은 것도 있고, 대학 동기가 학교에 있는 친구도 있고 해서 물어보니 아이들을 보살피는 것이 보람도 있고 병원보다 시간적인 여유도 있다고 권해서...

최 교장 : 그랬었군요. 그래서 학교에 지원을 하셨는데 우리 학교에서는 구체적으로 무엇이 선생님을 그렇게 힘들게 하던가요?

박 : 우선, 연간계획을 세우라는데 한 번도 안 해본 것이고 어떻게 하는지도 모르겠고, 공문 작성하는 것도 어렵고, 아이들의 치료만 하면 되는 것인 줄 알았는데 모든 것을 서류로 보고해야 되고... 절차가 복잡합니다.

최 교장 : 그랬군요. 처음 하는 일이라 많이 당황하셨겠네요. 그런데 선생님은 병원 응급실에서는 유능한 분이셨죠?

박 : 예, 응급실에서는 제가 누구에게도 지지는 않았습니다.

최 교장 : 그런 것 같습니다. 선생님은 자신에 대한 자부심이 강한 편이지요?

박 : 예, 자존감이 조금 높은 편입니다. 병원 응급실에 있을 때는 의사선생님도 제 의견을 무시하진 못했으니까요.

최 교장 : 그렇군요. 박 선생님은 의료 능력이 매우 뛰어난 분이고, 스스로를 자랑스럽게 생각하고, 자존감도 높은 분이시네요. 지금은 어떻습니까?

박 : 학교에 오니까 전부 모르는 것이고, 바보가 된 것 같고, 학교의 선생님들과 아이들에게 미안한 마음뿐입니다.

최 교장 : 선생님은 대학을 졸업하고 바로 병원에 근무를 하셨지요?

박 : 예.

최 교장 : 병원에서 10년 넘게 근무하고, 거기서 열심히 일을 하시고 주변의 동료로부터 존경을 받으셨죠?

박 : 존경까지는 아니지만… 인정은 받고 지냈습니다.

최 교장 : 병원 응급실에 초임 간호사들도 배치가 되나요?

박 : 그럼요. 가끔 배치가 됩니다.

최 교장 : 초임이 배치되면 주변 쌤들이 조금 힘들겠어요?

박 : 그렇지요. 초임은 아직 업무 숙지가 잘 안 되고, 일처리 하는 속도도 느리고, 일머리를 모르니까 동료들이 힘이 좀 들지요.

최 교장 : 아, 그렇군요.

박 : 예.

최 교장 : 그런데… 선생님은 응급실의 위급상황에서 벗어나 이제는 여유를 조금 갖고 싶어서 초등학교 보건교사에 지원을 하셨다지요?

박 : 예.

최 교장 : 선생님은 이전에 학교에 근무하신 적이 있습니까?

박 : 없습니다.

최 교장 : 그럼, 선생님은 학교보건교사는 초임이시네요?

박 : 예?

최 교장 : 선생님은 의료인으로는 베테랑이시지만 학교의 교사로는 햇병아리 초임선생님이 아닙니까?

박 : ? ... 예, 맞습니다.

최 교장 : 햇병아리 초임선생님이 모든 것을 잘하기를 바라는 것은 욕심이 많은 것 아닙니까?

박 : 일하는 것은 차차 배우면 되겠지만 그동안 선생님들께 아이들에게 피해가 될까 걱정이 되었습니다.

최 교장: 박 선생님은 너무나 배려심이 많으시군요. 병원에 계셨을 때, 초임 간호사가 오면, 어떻게 하는 간호사가 예쁘던가요? 초임 간호사이면 초임답게 주변의 선배님께 물어보는 것이 예쁜 초임 아니던가요?

박 : ... 하지만, 오늘도 제가 실수를 했습니다.

최 교장 : 무슨 실수를 하셨습니까?

박 : 공문을 바로 작성하지 못하고 발송을 못해서 교육청에서 독촉을 했고, 그래서 연구부장님이 대신 해줬습니다.

최 교장 : 그것이 뭐 대단한 실수입니까?

박 : 우리학교만 보고가 안 돼서 교장선생님 명예도 떨어지고 다른 선생님께 제 일을 하게 만들어 피해 주고...

최 교장 : "괜찮아요, 그럴 수 있어요." 무슨 문제입니까?
선생님이 고의로 잘못을 한 것도 아니고, 초임교사가 모르면 도움받을 수도 있지 무엇이 문제가 됩니까?

최 교장 : 정말 문제는 박 선생님께서 초임교사라는 사실을 수용하지 않으려고 하는 데 있습니다.

박 : 주변 선생님들께 폐가 되고 미안해서…

최 교장 : 선생님은 너무 배려심이 많아 남에게 조금도 피해를 주지 않으려는 것이 더 문제인 것 같습니다. 선생님처럼 배려심이 많고, 책임감이 강한 선생님이 우리학교에서 꼭 필요합니다. 아이들이 보건선생님의 관심과 치료가 필요합니다. 선생님이 두려워하는 문서 작성이나 서류는 하나씩 천천히 배우시면 됩니다. 그건 제가 교감선생님께 지시하여 적극적으로 지원하도록 하겠습니다.
다만, 선생님께서 주변으로부터 인정받았던 베테랑의 마음을 잠시 내려놓고'나는 초임이다. 필요하면 주변 선배의 도움을 받겠다.'는 마음가짐이 지금은 필요한 것 같습니다. 박 선생님은 '지금 여기의 상황'을 있는 그대로 수용하는 마음이 필요한 것 같습니다.

차분하게 잘 생각해 보시고 선택을 하시기 바랍니다. 학교든 병원이든어떠한 결정을 선택하셔도 좋습니다. 선생님의 인생이니까요. 그러나 선생님이 초임인 것을 인정하기 싫어서 도망을 간다면 앞으로 선생님은다른 일에서도 도망을 가게 될 것입니다. 선생님처럼 배려심 많고 실력도 좋은 선생님께서 도망만 다니면 대한민국에 엄청 손해가 되지 않겠습니까?

보건 선생님은 자신의 상황을 있는 그대로 받아들이기로 결심하였습니다. 박 선생님이 아이들의 아픔을 치료하고 보살피면서 작은 행복을 느낄 수 있는 방향으로 선택한 것을 보고 최 교장은 흐뭇한 생각이 들었습니다.

사례에서 박 선생님의 갈등은 자신이 선택한 초등학교 보건교사의 일이 처음이라 다른 사람에게 피해를 줄 것 같았고, 그 배려하는 마음이 능력이 없다는 생각을 하게 만들었다는 데에 원인이 있다고 할 수 있습니다.

최 교장은 박 선생님의 비합리적 신념을 알아차리고 그 신념을 논박하기 위해 소크라테스 문답법을 사용하였습니다. 박 선생님의 주장이 구체적으로 무엇인지 질문하고 그 근거가 무엇인지를 물어서 박 선생님의 주장이 근거 부족한 비합리적 신념이었다는 것을 스스로 깨닫게 하는 방법을 사용하였습니다.

여기에서 다름은 '언제나 인정받고 존중받고 싶은 자기 자신의 마음'과 '현재 아무것도 모르는 초임이 될 수밖에 없는 현실'이 서로 다른 것이었습니다. 이러한 경우처럼 마음과 현실이 다르게 되면 '불편한 마음'이 생길 수밖에 없습니다.

박 선생님은 교장선생님과 대화를 하며 자신의 선택에 대하여 생각해 보았고, 자신의 직업이 간호사에서 교사로 변경되는 현실과 초임 교사의 어려움을 수용하는 쪽으로 선택함으로써 '수용적 통합'을 이루었다고 할 수 있을 것입니다.

우리는 자기 자신을 무엇인가 대단한 존재처럼 생각할 때가 있습니다. 그래서 조그만 실수도 해서는 안 되고, 항상 품위 있고, 항상 남에게 인정받고, 언제나 괜찮은 사람이어야 한다고 생각하는데 그것은 오히려 우리 자신에게 엄청난 부담감과 멍에를 씌우기도 합니다.

자신에 대한 평가를 외부의 기준에 두게 되면 우리는 항상 외부의 환경에 흔들릴 수밖에 없습니다. 타인에게 인정받는 것도 좋은 일이지만 나 스스로에게 솔직하고 최선을 다한다는 마음을 갖는다면 마음의 평화는 조금 더 쉽게 다가올 것입니다.

또한 선생님께서 생각하시는 '걱정'이라는 것은 미래에 생길 수 있는 문제를 준비하는 것입니다. 그것을 너무나 걱정하는 것은, 현재에 머무르지 못하고 미래에 살면서 괴로워하는 것입니다. 미래는 걱정해야 하는 것이 아니라 준비를 해야 하는 것입니다.

행복은 느낌입니다. 그러므로 행복은 오로지 현재에만 존재합니다. 따라서 과거나 미래에 사는 사람들은 행복을 느낄 수가 없습니다.

[수용적 통합_사례2]

그리운 아버지

필자는 어머니를 어린 시절에 여의었기 때문에 어머님에 대한 기억은 거의 없습니다. 그래서 부모님이라 하면 아버지를 떠올리게 됩니다. 제가 아버지를 생각하면 안타까운 마음과 죄송한 마음, 감사하는 마음, 후회하는 마음들이 복잡하게 밀려들어 가급적이면 잘 기억하지 않으려고 합니다.

언젠가 가족상담 수업시간에 이야기를 하던 교수님이 "아버지께서는 언제 돌아가셨습니까?" 하고 물으셨는데 순간 나에게 블랙아웃이 일어났습니다. **아버지께서 언제 돌아가셨는지 전혀 기억이 나질 않았습니다. 몇 년도인지 아니 내가 몇 살 때인지조차 기억나지 않았습니다.**

그 때, 심리학 교수님께서 나의 얘기를 듣고 "그것은 억압이라는 방어기제 때문인지도 모릅니다. 자신의 아픔이나 고통 등의 피하고 싶은 기억을 무의식적으로 밀어내는 현상이라고 할 수 있습니다."라고 말씀하셨습니다.

저는 깜짝 놀랐습니다. 사실은 아버지께서 돌아가셨을 때에는 세상에 하나밖에 없는 나의 편인 아버지가 돌아가셨다는 사실을 인정하고 싶지도 않았고, 실감도 나지 않았습니다. 그리고… 아버지께서는 돌아가시기 전에 몇 년 동안 편찮으셨는데 직장이 멀리 있다는 핑계로 자주 찾아뵙지도 못하였고 명절이 되어서야 잠깐 뵙고 갔던 것이 너무나 죄송스러운 마음이 컸습니다. 그런 후회를 자꾸 떠올리기 싫었던 것이 아예 아버지께서 언제 돌아가셨는지도 모르게 까맣게 잊어버리게 하는 방어기제가 나타났던 것 같습니다. 참으로 죄송한 일이었습니다.

저의 아버지께서는 가난한 농부였습니다. 농부이긴 하지만 논밭이 한 마지기도 없는 정말 가난한 농부였습니다. 다른 사람의 논과 밭을 일 년 동안 빌려서 농사를 짓는 사람이었습니다. 저는 지금까지 이렇게 가난한 아버지에 대해서 누구에게 말해본 적이 없었습니다.

저의 아버지는 논밭이 없어 농사만으로는 생계를 꾸리기 힘이 드셨는지 5일장에 나가셔서 생선을 파셨습니다. 주로 갈치와 고등어, 그리고 꽁치를 파셨습니다. 저는 아버지께서 생선장수를 한다는 이야기를 누구에게 한 적이 없었습니다. 아마도 아버지를 부끄럽게 생각했던 것 같습니다.

저의 아버지는 부지런하셨습니다. 새벽 5시면 일어나 일을 시작하셔서 밤늦게까지 일하셨고, 마무리는 언제나 깔끔하게 하셨습니다. 제가 지켜본 아버지는 단 한 번도 남에게 피해를 주는 일을 하지 않으셨습니다. 마을 사람들로부터 항상 칭찬과 존경을 받은 분이었습니다. 아버지는 최선을 다해서 열심히 사셨습니다.

저는 우리 집의 가난을, 아니 아버지의 가난을 있는 그대로 받아들이지 못했습니다. 다른 사람이 혹시 알까 두려워하며 마음속으로 부끄럽게 생각했습니다. 논밭이 없어서 해마다 돈을 내고 빌려야 하는 아버지는 마음이 얼마나 힘드셨을까 생각하면 지금도 가슴이 먹먹해집니다.

'아버지, 죄송합니다. 불효자식 아들이 너무 철이 없어서 아버지의 힘드신 상황을 하나도 깊이 헤아리지 못했습니다. 그리고 한번이라도 진심으로 낳아주시고 길러주신 은혜에 대해 감사의 말씀을 드리지 못했습니다. 정말 죄송합니다. 아버지 아들이 오십이 넘어 이제야 철이 조금 드나 봅니다. 부족하고 못난 아들을 용서하십시오.'

아버지의 가난을 받아들이지 못했던 것은, 내 입장만 생각하는 이기적인 마음에서 타인의 시선을 중요하게 생각했기 때문일 것입니다. 이제는 그때 아버지의 상황을 이해하고 수용할 수 있게 된 것은 타인의 평가보다 아버지의 마음이 더 소중하다는 것을 늦게나마 알았기 때문입니다.

저는 이제 아버지의 있는 그대로의 모습을 받아들일 수 있습니다. 그리고 아버지께서 가난으로 고생하신 것도, 생선장수를 하셨던 것도 사람들에게 부끄럽게 생각하지 않고 말할 수 있습니다. 어려운 상황에서 많은 자식들을 건강하게 길러주신 것만으로도 감사드립니다.

아버지는 법이 없어도 사실 분이라는 것과, 말씀을 조리 있게 잘하신다는 얘기를 마을 사람들로부터 들었던 기억이 납니다. 아버님이 그립습니다.

부모님은 자녀가 선택할 수 있는 존재가 아닙니다. 그것은 내가 세상에 존재하는 순간에 이미 결정되어 있는 사실이기 때문입니다. 나 자신의 운명의 하나인 부모님을 있는 그대로 받아들이지 못하면 자신을 포함한 세상의 어떤 존재나 사실도 받아들일 수 없기 때문에 진실하고 행복한 인생을 가질 수 없다는 것을 늦게 깨달았습니다.

부모님의 있는 그대로의 모습을 받아들이고, 부모님의 상황을 따뜻한 마음으로 이해하고, 부모님의 은혜에 감사하는 마음을 가질 수 있을 때 '수용적 통합'의 첫걸음이 시작된다는 것을 알게 되었습니다.

[수용적 통합_사례3]

초보 비정규직 선생님의 서러움

북경광역시 동경초등학교 교장선생님이 전화로 도움을 요청해서 동경초등학교의 선생님을 상담하게 되었습니다. 교장선생님 말씀에 따르면 박민정 선생님은 비정규직 돌봄교사로 학교에 들어오게 되었는데 기존에 근무하던 선생님과 갈등이 있어 나에게 도움을 청하게 되었다는 것입니다.

상담자 (이하 상담) : 어서 오십시오. 이 교장선생님께 말씀을 많이 들었습니다. 비정규직으로 일하신다는 것이 많이 힘드시지요?

박민정 선생님(이하 민정) : 안녕하세요?

상담 : 선생님 댁은 어디인가요?

민정 : 저는 덕산에 살고 있습니다.

상담 : 덕산에 사시면 동경까지 제법 멀지 않나요?

민정 : 예, 1시간 정도 걸립니다.

상담 : 1시간 걸려서 출퇴근하시려면 엄청 힘드시겠습니다.

(* 사소한 화제로 내담자와 친해지기)

민정 : 예, 좀 멀지만 그렇게 힘들지는 않습니다.

상담 : 동경초등학교에 오신지는 얼마나 되었습니까?

민정 : 예, 3개월 정도 되었습니다.

상담 : 그러시군요. 그래 동경초에 근무하시면서 제일 힘드신 것이 무엇입니까?

민정 : 예, 학습준비물이 좀 많이 부족합니다.

상담 : 어떤 학습준비물이 부족합니까?

(* 내담자의 말을 듣고, 내담자를 따라가고 있음)

민정 : 저는 학교나 교육청과 직접적인 관련이 없는 위탁업체 직원으로 학교에 근무합니다.

상담 : 일종의 파견 근무입니까?

민정 : 그런 셈이죠. 예산절감의 한 방법으로 이렇게 복잡한 제도를 만들었나 봅니다. 노동법에 의해서 한 사업장에 2년 이상을 근무하면 정규직으로 채용을 해야 되니까 그것을 방지하려고 이런 고용 방법을 만들었다고 합니다.

상담 : 음, 그런 방법을 ...

민정 : 제가 정규직이든지 위탁이든지 아이들을 맡아서 보육교사의 일을 하고 있으면, 제가 맡은 아이들이 활동하는 자료는 학교에서 제공해 주었으면 좋겠습니다. 우리 반 아이들은 제가 위탁선생님이라서 학습 준비물도 제대로 받지 못하다는 것은 안타까운 일입니다.

상담 : 학교에서 자료를 제공하지 않습니까?

민정 : 제가 종이접기 자격증이 있어서 우리 반은 종이접기 활동을 많이 하는데 색종이도 부족해서 활동에 지장이 있습니다.

상담 : 활동에 지장이 있다? (* 내담자의 말에 반영)

민정 : 저는 위탁이라 교장선생님을 만나 뵙기가 어렵고, 돌봄 업무를 담당하시는 김 선생님에게 자료 말씀을 드리면 예산이 없다는 말씀을 합니다.

상담 : 음, 예산이 없다? (* 내담자의 말에 반영)

민정 : 우리 반에게 자료를 제공하지 않는 것이 학교규정인지, 김 선생님의 자의적인 결정이지는 모르지만, 김 선생님은 부장 쌤과 교감 쌤도 함부로 못한다고 학교에서 소문이 퍼져 있어요.

상담 : 음, 김 선생님이 대단한 분인 모양이군요?

민정 : 그리고, 김 선생님이 저를 좀 싫어하는 것 같아요.

상담 : 어떤 부분에서 그렇게 생각하셨습니까?

(* 내담자 말에 반영하고, 더 구체적으로 질문을 한다.)

민정 : 저는 아이들을 키우고 나와서 학교에 있는 김 선생님보다 나이가 다섯 살 정도 많습니다. 그래도 그런 내색 없이 제가 신입생이라고 생각하고 선배 선생님 대접을 깍듯이 해드리고 있습니다.

상담 : 나이 적어도 김 선생님을 선배로 대접을 해드렸군요?

민정 : 그런데, 제가 학습 자료를 사줄 수 있냐고 물었을 때 김 선생님은 퉁명스럽게 "예산 없어요!"라고 말하고, 모든 일처리를 대부분 의논 없이 독단적으로 처리해요.

상담 : 어떤 것을 의논하지 않습니까?

민정 : 예, 한 번은...

상담 : 괜찮습니다. 어떤 말씀을 하셔도 됩니다.

(* 내담자가 망설일 때는 격려함)

민정 : 한 번은... 특별한 프로그램으로 '방송 댄스' 시간이 있었는데 김 선생님 반을 하고 마치면 우리 반이 참석을 해요. 그런데 김 선생님 반은 본관 건물에 있고, 우리 반 교실은 후관에 있기 때문에 아이들을 데리고 본관으로 가려면 시간이 많이 걸립니다.

상담 : 돌봄 교실이 서로 떨어져 있군요?

(* 내담자 말을 요약, 알기 쉽게 재진술)

민정 : 예, 그래서 제가 김 선생님께

"김 선생님 반이 방송 댄스를 마치면 댄스 강사님을 우리 반으로 보내주시면 안 될까요?"하고 물었더니

"안돼요. 3반이 내려오세요."하고 대답해서 제가 다시

"댄스 선생님이 우리 반에 못 오신대요?"하고 물었더니,

"하여튼 안 돼요."

라고 말해서 그냥 가만히 있을 수밖에 없었어요.

상담: 김 선생님이 막무가내 성격이 조금 있는 것 같네요.

(* 내담자 말을 요약, 재진술)

민정 : 예, 맞아요.

상담 : 음... 이것저것 힘이 많이 드시겠어요.

민정 : 그리고 김 선생님이 맡은 1반 교실에는 우리 교실에 없는 것도 많이 있어요. 복사기도 있고, 식기 세척기도 있고, 침대도 있어요. 제가 우리 반에도 복사기가 있으면 좋겠다고 했더니 1학년 연구실 복사기를 쓰라고 해서 그것을 이용하고 있어요. 부장님께 말씀드렸더니 3반은 새로 만든 교실이라서 비품이 확보되는 것이 좀 늦으니 참으라고 하시네요.

상담 : 음, 박 선생님 생각에는 정규직과 위탁교사의 차이로 보육교실의 설비가 차별이 있다고 느끼시는군요?

(* 내담자의 감정을 읽어줌)

민정 : 새로 만들어진 반이라 그렇다고는 하는데 제가 생각할 때는 차별도 있는 것 같아요.

상담 : 음, 그렇게 느끼시는군요.

민정 : 예, 그리고 돌봄교실의 운영 일정이든지, 특별프로그램 운영 시간 등도 정규 선생님들이 위탁교사들과는 협의를 하지 않고 진행되는 것이 대부분이라서 갑자기 "무슨 프로그램 하러 오세요."하면 부랴부랴 뛰어가기도 해요.

상담 : 그렇군요. 새로 만들어진 돌봄교실이라 어려운 점도 있고, 김 선생님이 선배로서 박 선생님을 잘 배려해주지 않은 점도 있는 것 같군요.

(* 내담자 말을 요약, 재진술)

민정 : 학교에서 위탁회사의 선생님들에게 근무관리를 하면 파견근로 위반이 된다고 합니다. 그래서 정보의 교류도 잘 안 되고 있습니다.

상담 : 그러면 학교의 행사나 연락사항은 어떻게 하나요?

민정 : 그런 것도 연락이 잘 안 되고 있습니다.

상담 : 음.... 노동법이 어떻게 되어있는지 몰라도 아이들의 교육을 위한 일인데....

민정 : 이건 좀 아닌 것 같아요.

상담 : 이것은 기존의 선생님과의 갈등뿐만 아니라 제도적인 문제도 있었군요.

(* 내담자 말에 공감)

민정: 그렇습니다.

상담 : 그래, 선생님께서는 어떻게 하실 생각이세요?

민정 : 제가 할 수 있는 일이 있을까요?

상담 : 음, 그러네요. 일단 문제를 한 번 정리해 볼까요?

지금 박 선생님이 마음이 가장 불편한 부분은,

① 김 선생님과의 관계가 힘이 드시고

② 아이들의 학습준비물 확보의 문제가 있고

③ 교내에서 정보 공유가 잘 되지 않는다.

(* 내담자의 말을 전체 요약, 재진술)

민정 : 예 맞아요. 이것만 해결된다면 걱정이 없겠습니다.

상담 : 그러면 첫 번째의 문제, 김 선생님과의 관계가 문제인데요. 어떻게 풀면 좋겠습니까?

민정 : 김 선생님 성격은 정말 맞추기가 어려운 것 같아요.

상담 : 선생님이 김 선생님보다 연세가 많지요?

민정 : 예, 제가 다섯 살 많습니다.

상담 : 김 선생님은 박 선생님에게 불편한 부분은 없을까요?

민정 : 김 선생님은 저한테 전혀 힘들어하지 않으세요.

상담 : 그것은 조금 더 생각해봐야 하지 않을까요? 김 선생님 입장에서 생각해 본다면 자기 학교에 새로 들어온 신규 선생님이 자기보다는 나이가 더 많고, 빈틈이 없는 사람이라면, 좀 불편하지 않을까요?

민정 : ...

상담 : 어떻습니까? 박 선생님은 평소에 편안한 사람입니까?

(* 내담자에게 직면 시도)

민정 : 음...

민정 : 아마 조금 불편할 수도 있겠지요.

상담 : 어떤 점에서 그렇게 생각하셨지요?

민정 : 제가 자존심이 조금 센 편이라서 다른 사람의 도움을 잘 받지 않으려는 성격이 있고, 사람들과 쉽게 친해지는 성격이 아니라서 김 선생님이 불편한 점도 있었을 것이라고 생각합니다.

상담 : 혹시 전입하고 김 선생님과 식사를 한 적이 있습니까?

민정 : 아직 같이 식사한 적은 없습니다.

상담 : 선생님께서는 대인관계를 좁고 깊게 사귀는 편인가요?

민정 : 예, 그런 편입니다.

저는 제가 많이 낮추었다고 생각했는데 상담자님과 말씀을 나누다 보니 김 선생님이 불편한 점도 있었을 것 같아요.

상담 : 김 선생님 입장을 생각해 보셨군요!

(* 내담자의 훌륭한 점을 부각시켜 칭찬함)

민정 : 예...

음, 저도 생각을 조금 바꾸어 보아야겠네요.

어쨌든 저의 직장 선배님이고, 같이 보육업무를 담당하는 사람이니까 서로 협조를 해야 되겠지요?

상담 : 잘 생각하신 것 같습니다. 그런데 박 선생님이 생각을 바꾼다면 김 선생님의 성격이 조금 바뀔 것 같습니까?

민정 : 성격이 그렇게 쉽게 바뀔 수 있나요? 타고난 성격은 잘 안 바뀌어요. 태도가 조금 달라질 수는 있겠지요.

상담 : 음, 그렇겠지요?

민정 : 그래도 제가 태도를 달리한다면 김 선생님도 조금씩은 달라질 것 같은 생각이 들어요. 사실은 제가 나이가 좀 많아서 약점을 안 잡히려고만 노력을 했거든요.

상담 : 음, 그런가요?

민정 : 조금 느낌이 왔어요. 김 선생님과 관계 문제는 제가 스스로 풀어보도록 노력을 해볼게요.

상담 : 잘 생각하셨습니다. 첫 번째 문제는 일단 방향은 잡은 것 같습니다. 그러면 학습 준비물 확보 문제와 정보의 공유 문제는 제가 이 교장 선생님께 여쭤보도록 하겠습니다.

(* 내담자를 칭찬, 격려하고 도움)

민정 : 그렇게 해주시면 감사하겠습니다.

상담 : 이 교장선생님이 저에게 박 선생님을 만나보라고 부탁을 했으니 제가 물어보는 것도 괜찮을 것 같습니다.

민정 : 알겠습니다. 비정규직 문제는 하루아침에 금방 해결될 문제가 아니라서 맡은 일을 열심히 하면서 꾸준히 노력하면 점차 좋아질 것이라고 생각합니다.

상담 : 예, 잘 생각하셨습니다.

민정 : 오늘 선생님께 도움을 많이 받았습니다.

상담 : 그렇게 생각하신다면 제가 고맙습니다.

민정 : 완전히 해결된 건 없어도 저의 현실을 좀 더 알았고, 저의 문제도 바라보게 되었고, 이제 어떤 마음가짐으로 무엇을 노력해야 할지 방향을 알게 되었습니다. 정말 고맙습니다.

상담: 문제를 파악하고 방향을 잡으셨다니 저도 기쁩니다.

상담을 하신 박민정 선생님은 자신의 현실을 수용하는 마음으로 김 선생님을 대하여 그 후에는 조금은 편안한 관계가 되었다고 합니다. 그리고 동경초등학교 교장선생님의 배려로 학습준비물과 메신저도 잘 해결되었다고 합니다.

그 후 박 선생님은 북경광역시 소속의 정규직이 되어서 지금은 초등학교 돌봄교사로서 즐거운 마음으로 성실히 근무하고 있다는 반가운 소식을 들었습니다.

[수용적 통합_사례4]

취향을 인정하다

아내의 폰 케이스가 낡아서 사주기로 하였습니다. 나는 폰 케이스를 판매하는 한 사이트를 안내하고 마음대로 골라서 장바구니에 담아놓으면 내가 계산을 하겠다고 말했습니다. 아내는 한 시간 동안 인터넷 쇼핑을 하더니 드디어 하나를 골랐다고 보여주었습니다.

아! 그런데 이건 좀 충격이었습니다. 나는 아내에게 이런 취향이 있는 줄 까맣게 모르고 있었습니다. 평소에는,

"이것 어때요?"

하고 물어보면 늘 무난한 물건이 대부분이었고, 나도 그런 것을 추천해주곤 해서 나는 아내가 소박하고 점잖은 취향인줄만 알고 있었습니다.

아내가 고른 것은 완전 새까만 바탕에다 새빨간 꽃송이가 강렬하게 그려져 있는 폰 케이스였습니다. 너무 강렬한 색상과 무늬라 평소에 내가 볼 때에는

'도대체 저런 물건을 누가 좋아하지?'

하고 이상하게 볼 정도로 특이한 색상이었습니다.

나는 정말 내 마음에 들지 않아서,

"에이, 이건 정말 영 아니다. 너무 색상이 강하고 당신의 품위에 맞지 않아요. 다른 것을 골라 보세요."

라고 말을 하려고 하다가

'아, 아니지. 다름을 존중한다고 내가 늘 주장했는데…'

라는 생각을 했습니다. 그러면서도

"이거 좋아요? 이걸로 할까요?"

하고 물었습니다. 아내는 싫어하는 내 마음을 눈치 챘는지

"왜요? 품위가 없어 보여요? 다른 것을 할까요?"

라고 말했습니다.

"아, 아니요, 괜찮아요. 당신의 마음에 들면 되는 거지요. 이건 취향의 문제이니까, 본인의 마음이 중요하지요."

나는 정말 내키지 않았지만 아내의 마음에 드는 것을 주문하고 가만히 생각에 잠겼습니다.

사람들이 좋아하는 것은 얼마든지 각각 다를 수 있는 것을 저는 때때로 잊고 살아갑니다. 진정으로 그 사람을 존중한다는 것은 나의 생각을 강요하는 것이 아니라 가능한 그 사람이 원하는 것을 해주는 일이라는 것을 저는 자주 잊고 삽니다.

우리는 보통 사랑한다는 이유로 또는 나와 가까운 사람이라는 이유로, 나의 생각을 강요하는 경우가 더러 있습니다. 위의 사례에서도 나의 생각에 마음에 들지 않는 것이라 할지라도 나의 아내가 아니라 다른 사람이었다면 나는 아무 의견도 내지 않고 '그런가 보다'라고 생각을 하고 지나갔을 겁니다. 그런데 '사랑하는 나의 아내'라는 생각이 간섭을 하게 되었던 것입니다.

나는 나의 아내까지 확대된 '자아'라고 생각하였는지 모릅니다. 어쩌면 무의식 속에서 아내를 나의 소유라고 생각하였는지 모릅니다.

상대방의 선택이 내가 정말로 인정하기 어려운 이상한 선택이라고 해도 그것이 위험한 일이 아니라면 상대방의 선택을 인정하고 실제로 그렇게 해보고 장단점을 판단할 수 있게 해주는 것도 좋은 방법이라고 생각됩니다.

이것은 상대방을 존중하는 좋은 의미도 있겠지만 상대방 스스로 깨달음을 얻을 수 있는 시간을 준다는 의미에서 매우 훌륭한 관계의 방법이라고 할 수 있습니다.

위와 같은 태도는 상대방의 선택을 받아들인다는 의미에서 '수용적 통합'이라 할 수 있고, 상대방으로 하여금 실제 경험을 통해 판단해보라는 의미에서 '실험적 통합'이라고 할 수 있습니다.

이와 같이 아주 사소한 일일지라도 그것이 근거가 있는 참과 거짓의 문제가 아니라면, 또 다른 사람들에게 피해를 주는 선악의 문제가 아니라면 편안하고 넉넉한 마음으로 그 사람만의 취향을 존중해주는 것이 하나의 훌륭한 수용적 통합이 아닐까 생각합니다.

현재로 통합 (명상)

우리들은 지금 현재에 살고 있지만 내 마음은 온전히 현재에 머물기가 매우 어렵습니다. 우리의 마음은 실수를 하였던 과거의 어느 시점이나, 과거의 불행했던 경험을 잊지 못하고 그 시점에 머물러 있는 경우가 있습니다. 그리하여 과거 행동을 후회하거나 원망하며 현재를 잊어버리는 경우도 많이 있습니다.

예를 들면, 월남전에 참전했던 많은 병사들이 전쟁이 끝난 시점에도 그것이 상처가 되거나 두려움으로 남아서 정상적인 생활을 하지 못하는 경우가 많이 있었습니다. 전쟁과 같은 큰 사건이 아니어도 재난의 현장에 있었던 사람이 그 끔찍했던 상황을 잊지 못하는 경우가 있으며, 개인적인 일로 사랑하는 사람과 이별을 하고 그것을 잊지 못하여 괴로워하는 것도 과거의 상처나 불행했던 경험에 의해 현재를 살지 못하는 경우라고 하겠습니다.

한편, 미래를 걱정하면서 현재에 살지 못하는 사람들도 많이 있습니다. 취직시험에 합격을 하려면 시험 준비를 열심히 하는 것이 가장 좋은 방법입니다. 그런데 시험의 준비는 열심히 하지 않고 시험에서 떨어질까 봐 걱정을 하고, 시험에서 떨어진 다음에 일어날 일을 상상하면서 불안해하는 사람도 현재에 살지 못하고 미래에서 살고 있는 사람이라고 할 수 있겠습니다.

과거의 일을 후회하고 원망하며 그 시점에 머무르는 사람은 현재 행복을 느낄 수 없어 우울하고, 미래의 일을 걱정만 하며 지내는 사람은 현재의 행복을 느낄 수 없고 불안에 시달리게 됩니다. 행복은 느낌입니다. 느낌은 오직 지금 현재에만 있습니다. 그러므로 과거나 미래에서 살고 있는 사람은 행복을 느낄 수 없습니다.

우리는 시간적으로 과거와 현재, 미래의 어느 시점에 초점을 맞추고 살아가고 있습니다. 물리적으로는 현재라는 것이 거의 존재하지 않습니다. 1초만 지나가도 과거의 일이 되어버리고 1초 후의 일은 엄격히 말하자면 미래의 일이 되기 때문입니다. 현재라는 것은 1초도 되지 않는 지금 이 순간을 말하는 것입니다.

보통 나이 많은 어르신들은 지금까지 살아온 시간들이 많으므로 과거를 추억하면서 살고 어떤 목표를 달성하기 위하여 열심히 준비하는 사람은 미래의 비전을 그리면서 생활한다고 합니다. 그러나 이런 경우를 제외하고는 과거나 미래에 몰두하며 현재를 잊어버리는 경우에는 현재의 행복을 느낄 수가 없습니다. 마음이 과거에 있거나 미래에 있기 때문이지요.

그러므로 현재에 행복하게 살고 싶다면 현재에 머무는 것이 가장 현명한 방법입니다.

'현재로 통합'이라는 주제로써 과거가 아니고 미래도 아닌 현재를 사는 방법에 대해 이야기해보려고 합니다.

[현재로 통합_사례1]

나는 어디에 살고 있나?

이 글을 읽고 계신 독자 여러분은,

잠시 책 읽는 것을 멈추시고 30초만 그대로 가만히 있어주십시오. 시작!

...

30초가 지났습니다.

방금 30초 동안에 여러분이 무엇을 생각하였는지 아래에 기록해주십시오. 여러분이 생각하신 것을 한두 개의 단어로 적어주세요.

질문1. 단어가 과거, 현재, 미래의 일 중에서 무엇입니까? ○표

(① 과거, ② 현재, ③ 미래)

질문2. 과거를 선택했다면 그 일은 다음 중 무엇입니까?

(① 즐거운 추억, ② 아쉬운 후회)

질문3. 미래를 선택했다면 그 일은 다음 중 무엇입니까?

(① 행복한 비전, ② 할 일 걱정)

여러분 중의 대부분은 질문1에서 ①이나 ③번을 표시했을 것입니다. ①번을 표시한 분은 짧은 30초 동안에 과거로 돌아갔다가 온 것이고, ③번을 표시한 분은 미래를 갔다가 온 것입니다. 우리들의 마음은 잠시라도 틈을 준다면 과거로 가거나 미래로 갔다가 온다는 것을 아주 간단한 실험으로 해보았습니다.

과거로 가신 분들은 즐거운 추억을 보고 오셨습니까? 아쉬운 후회를 보고 오셨습니까? 아마도 대부분은 후회를 하고 오신 분이 많을 것입니다.

또, 미래로 가신 분은 어떻습니까? 행복한 비전을 보고 오셨습니까? 할 일을 걱정하고 오셨습니까? 아마도 대부분은 애써 미래로 가셔서 잔뜩 걱정만 하고 오셨을 것입니다.

과거나 미래를 다녀왔다고 걱정하실 필요는 없습니다. 지극히 정상입니다. 우리는 과거의 일들 중에서 평범하게 즐거웠던 추억들은 애써 기억하지 않는다면 선명하게 잘 떠오르지 않습니다. 우리의 뇌는 완결된 일에는 관심이 많지 않으며 '해결되지 않은 일'에는 관심이 아주 많기 때문입니다.[23] 그 이유에 대해서는 아직 과학적으로 정확하게 밝혀지지 않았지만, 저의 추측으로는 생존의 전략과 관련이 있는 것으로 생각됩니다.

그리고 '미래'로 가더라도 행복한 비전을 그리기보다 그 행복한 비전을 실현하기 위해 무엇을 해야 하는지를 걱정하는 사람이 더 많은 것으로 나타납니다. 그 이유는 위험이나 실패를 미리 대비해야 생존 가능성이 높아지기 때문입니다.

그렇다면 현재를 생각하신 분들도 있을까요? 예, 아주 가끔 있습니다. 이런 분들은 보통 사람과 조금 다르다고 할 수 있어요. 특별한 수련을 많이 하신 분이거나 선천적으로 지금 일에 집중을 잘 하는 분입니다. 매우 바람직한 일이라고 할 수 있습니다.

왜냐하면 이런 분들은 과거의 일들을 들추어내어 후회하거나 미래의 일을 가지고 와서 걱정하는 일이 드물기 때문입니다.

23) Fritz Perls(2015), 최한나 공역. 게슈탈트 심리치료. 학지사.

우리가 인생을 살면서 과거의 일을 회상하고 후회하는 것도 자연스러운 일이고, 미래의 일을 계획하고 걱정하는 일도 지극히 자연스러운 일입니다. 과거를 돌아보고 잘못을 되풀이 하지 않는 것은 지혜로운 일이며, 미래를 보고 걱정되는 일을 준비하는 것도 현명한 일이라 하겠습니다.

그러나 과거의 일을 후회하는 정도가 지나쳐서 괴로워하고 현재의 일을 제대로 집중할 수 없을 정도라면 문제가 됩니다. 또한 미래를 준비하는 것이 아니라 걱정하는 것이 지나쳐서 고통이 되고 현재의 일을 제대로 할 수 없다면 이 역시 문제가 된다고 할 수 있습니다.

만약, 미래가 정말 걱정되는 것이 있다면 어떻게 해야 할까요? 그러면,

걱정만 하지 말고 미래를 준비하는 계획을 세우라!

라고 말씀드립니다.

걱정되는 미래를 준비하는 계획은 다음과 같이 세우면 됩니다.

① 걱정하는 것이 무엇입니까?

(　　　　　　　　　　　　　　　)

② 미래에 관한 나의 바람은 무엇입니까?

(　　　　　　　　　　　　　　　)

③ 그 바람을 이루는 최선의 방법은 무엇입니까?

(　　　　　　　　　　　　　　　)

④ 지금부터 내가 실천해야 할 일은 무엇입니까?

(　　　　　　　　　　　　　　　)

그 다음에는,

정도正道로 최선을 다하고, 결과는 자연의 질서에 맡겨라!

내가 세운 계획이 합리적이고 내가 할 수 있는 방법에 정도로 최선을 다했다면, 결과에 대해서는 욕심을 부리지 말고 자연의 질서를 수용하는 것이 지혜입니다.

왜냐하면, 어쩔 수 없는 일이니까요.

그렇게 노력하여도 과거의 상처가 생각나서 힘이 들고 미래가 걱정되어 불안한 분들에게 지금 현재를 느끼면서 살게 할 수 있는 효과적인 좋은 방법이 있습니다. 그것은 명상입니다. 명상은 과거나 미래에 가 있는 나의 마음을 현재에 와서 머무르게 하는 방법입니다. '현재로 통합'은 우리들의 생각이 아픈 과거나 걱정하는 미래가 아니라 현재에 머물며, 현재를 느끼며, 현재의 삶에 충실하도록 하는 수련방법입니다.

우리가 명상을 통하여 지금 여기에 머무르기 위해서는 마음챙김 Mindfulness을 해야 합니다. 앞의 Part 1에서 마음챙김에 대하여 잠깐 언급을 하였는데 기억이 나시는지요? 마음챙김은 내 마음을 아무런 방해 없이 바라보는 것을 말하는데 다음과 같은 마음가짐으로 하면 명상의 효과가 있습니다.[24)]

[마음챙김의 다짐]
하나. 나는 욕심을 멈추고 현재를 보고 느낀다.
둘. 나는 경험, 생각, 감정을 판단하지 않고 수용한다.
셋. 생각은 생각일 뿐 실재가 아니다.

나는 현재에 머무르고 싶은데, 내 마음은 항상 과거로 가서 후회를 하고 있거나 미래로 가서 걱정을 하고 있는 분들을 위하여 명상의 사례를 소개하고자 합니다.

사례를 읽고 스스로 깨달음을 얻으시길 바랍니다.

---

24) Zindel Segal 외 공저(2006), 이우경 역, 마음챙김 인지치료.

[현재로 통합_사례2]

설거지 명상

가정의 주부님들 중에는 아래와 같은 설거지 명상을 자기 자신도 모르게 경험하신 분들이 많이 있을 것이라고 생각합니다. '설거지 명상'은 말 그대로 다른 생각이 전혀 없이 오직 설거지에 몰두하여 무아의 경지에 도달하는 것입니다. 다음 몇 가지의 사항에 유의하면서 설거지를 열심히 하면 되는 것입니다.

① '그릇을 빨리 씻어야 한다.'는 생각을 하지 않습니다.
② '설거지 끝내고 무엇을 하겠다.'고 생각하지 않습니다.
③ '다른 걱정은 이따가 하겠다.'고 뒤로 미루어 둡니다.
④ 뽀드득 소리를 내는 그릇을 보며 깨끗함을 느낍니다.
⑤ 그냥 그렇게 그릇을 깨끗이 닦는 일에만 집중합니다.

위의 주의 사항에서 그릇을 빨리 씻어야 한다는 생각을 하지 않는 것은 지금 내가 하는 행동이 누구의 강요나 의무감에서 하는 행동이 아니고 나의 자유로운 의지로 한다는 뜻입니다. 이런 마음은 이 일이 즐거움이 될 수 있는 기초가 됩니다.

'설거지를 끝내고 무엇을 해야지'라고 생각하는 것은 내 마음이 미래에 가 있다는 뜻입니다. 그것은 지금 현재에는 마음이 없다는 것입니다. 그러면 현재에 집중할 수 없고 현재를 느낄 수도 없으며 현재가 행복할 수도 없게 되는 것입니다.

다른 걱정이 있더라도 잠시 제쳐두고 걱정을 지금으로 가져오지 않는 것은 매우 중요한 일입니다. 과거의 아픔이나 미래의 걱정을 현재로 가져오지 않으니 지금 하는 일에 집중할 수 있게 됩니다.

뽀드득 소리 내는 그릇을 보며 깨끗함을 느낀다는 말은 듣기만 해도 상쾌한 기분이 듭니다. 뽀드득 소리를 듣는 것은 내가 지금 느끼는 청각입니다. 깨끗하고 하얀 그릇을 보는 것은 내가 지금 느끼는 시각입니다. 깨끗하다고 느낀다는 것은 내가 지금 마음으로 느끼는 의식입니다.

"일상이 법法이며 생활이 도道"라는 말이 있습니다. 법이나 도가 우리의 생활에서 멀리 떨어진 깊은 산속에 있는 것이 아니며 속세를 벗어난 고고한 행동에 있는 것이 아니라 밥 먹고 그릇 씻는 일상이 법이며 깨달음이며 행복이라는 것입니다.

여러분이 실제 해보면 아시겠지만 이렇게 한 곳에 몰두하여 다른 모든 것을 잊어버릴 수 있도록 집중하는 것은 말로는 표현할 수 없는 큰 기쁨이 있습니다. 그 기쁨은 흔히 우리 선조들께서 말씀하시는 삼매경이 아닐까 생각합니다.

그런데, 우리의 마음이 참으로 요상한 면이 있습니다. 나는 A를 생각하고 싶은데 나도 모르게 내 마음에 B가 떠오르는 겁니다. 이것을 '침투적 사고思考'라고 합니다. 침투적 사고는 보통 부정적인 생각을 만들어 냅니다. 이 부정적인 사고를 '자동적 사고'라고 합니다. 나의 의지와 상관없이 떠오르고 내가 쫓아내려 해도 나가지 않습니다.

이럴 때 억지로 B를 쫓아내려고 애를 쓰면 안 됩니다. B가 생각나면 그냥 두십시오. B는 생각나게 그냥 두시고 여러분이 생각하고 싶은 A를 생각하시면 됩니다. 그러면 B가 혼자 놀다가 재미없으면 사라집니다. 이때 B의 질문에는 응대하지 마십시오. 같이 놀아 달라고 조르는 것이니까요. B가 가지 않고 계속 있으면 어떻게 하느냐고요? 그러면 그대로 두십시오. 여러분이 B를 싫어할수록 B는 사라지지 않습니다. 그냥 무관심한 태도로 제 혼자 놀다 가게 두시면 됩니다. 겁을 낸다면 '아, 협박이 통하네!' 하면서 더 귀찮게 하는 건달과 비슷합니다.

현재에 머무르는 방법은 위에서 나온 설거지처럼 어떤 일의 핵심이 되는 것(여기서는 '그릇을 깨끗이 하는 것')하나에 집중하는 것이 좋은 방법입니다. 그러면서 나의 감각에 집중하는 것입니다.

우리는 뺨을 스치는 부드러운 바람을 느낄 수 있으며, 하얀 눈에 덮인 마을과 산을 볼 수 있으며, 맑고 깨끗한 새소리와 속삭이는 벌레소리를 들을 수 있으며, 아름다운 꽃향기를 맡을 수 있으며, 진수성찬의 달콤한 맛을 볼 수 있으며, 나를 사랑하는 연인의 애틋한 마음을 느낄 수도 있습니다.

이러하듯 우리는 시각, 청각, 후각, 미각, 촉각, 마음의 감각을 느낄 수 있습니다. 우리가 감각을 느끼는 순간은 무조건 현재입니다. 우리들의 마음이 과거나 미래로 가는 것은 생각을 한다는 것입니다. 생각을 하는 것이 아니라 우리의 감각을 느끼는 것이 현재에 머무르는 가장 좋은 방법이라고 할 수 있습니다.

위에서 살펴본 바와 같이 과거의 잘못을 깨닫고 같은 실수를 되풀이하지 않도록 하는 것은 현명한 일이지만 과거의 상처에 매달려 아파하며 현재를 보지 않는 것은 불행한 일이며, 미래를 예상하고 준비하는 것은 현명한 일이지만 미래를 걱정하여 지금 현재를 잊어버리는 것은 어리석은 일이라고 할 것입니다.

그러므로 독자 여러분은 과거와 미래의 일은 지혜를 위한 거울로 이용하시고, 지금 이 순간 여기에 머무르며 행복을 찾으시기를 바랍니다.

[현재로 통합_사례3]

다림질 명상

필자는 다림질을 좋아하지는 않지만 일단 다림질을 시작하면 그 삼매의 즐거움을 좋아합니다.

먼저, 다림판과 다리미를 준비해서 거실에 놓고 다림질을 해야 하는 와이셔츠와 스프레이 물통을 갖다놓으면 준비는 끝입니다. 다림질을 시작하면 나는 아무런 생각도 하지 않습니다. 다림질을 빨리 마쳐야겠다는 생각을 하지 않습니다.

다림질을 마치고 무엇을 하겠다는 생각도 하지 않습니다.

그저 순간순간 해야 하는 다림질을 열심히 할 뿐입니다.

가장 먼저 다리는 곳은 칼라 뒷면입니다. 다리미의 온도를 옷감의 종류에 따라서 설정하고 그 온도가 되기를 기다립니다. 조급해하지 않습니다. 그냥 아무런 생각 없이 기다립니다. 다리미가 뜨거워졌다고 알려주면 칼라 뒷면을 천천히 다립니다. 제가 칼라 뒷면을 가장 먼저 다리는 이유는 다리미가 너무 뜨거워 옷이 살짝 익어 좀 노랗게 되더라도 잘 보이지 않는 곳이라서 괜찮기 때문입니다.

제가 두 번째 다리는 곳은 소매입니다. 겨드랑이 솔기를 먼저 맞추고 소매를 눌러나가서 어깨선을 맞추면 잘 다릴 수 있습니다. 다림질을 잘하는 요령은 서두르지 않고 조금 세게 눌러 힘을 주고 천천히 다리미를 밀고 나가면 됩니다.

다리미를 너무 빨리 움직이면 구김이 잘 펴지지 않습니다. 스프레이로 물을 먼저 뿌려놓아야 구김이 잘 펴집니다.

다음으로 다리는 곳은 목덜미와 어깨입니다. 셔츠의 등의 위쪽을 보면 왼쪽 팔에서 오른쪽 팔까지 가로로 재봉선이 있습니다. 그 부분을 꺾어 맞추어 다림판에 대면 어깨 부분이 다림판에 펼쳐지고 칼라 옷깃은 수직으로 섭니다. 그런 다음 어깨 부분을 다리고 목둘레를 꼼꼼하게 잘 펴서 다립니다. 스프레이로 물을 뿌려놓고 다리미가 지나가면 '칙~'하는 증기기차 소리가 나는 것도 재미있습니다. 가끔씩 뿜어지는 증기의 뜨거움도 느끼고, 왼손으로 다림질한 옷감의 매끈한 촉감도 느끼고, 눈으로 꾸깃꾸깃하였던 옷이 평평하게 펴지는 즐거움을 바라봅니다.

다음에는 앞섶을 다립니다. 특히 단추가 있는 곳은 단추 주변을 꼼꼼하게 잘 다려야 옷이 정말 다려진 것으로 느껴집니다. 그러나 반드시 모든 구김을 깨끗이 펴야 하는 것은 아닙니다. 가끔은 아내가 나의 다림질을 보고 덜 다려진 곳을 지적하지만 저는 별로 신경을 쓰지 않습니다. "괜찮아요. 그곳에 구김이 좀 있어도 괜찮아요."

앞섶을 다리고 등판을 다린 후에 반대편의 앞섶을 다리면 하나의 와이셔츠의 다림질은 끝납니다. 옷을 하나 다렸다는 성취감이 있어도 좋습니다. 아무 생각이나 느낌이 나지 않아도 괜찮습니다. 그냥 옷을 다리면 되는 것입니다.

우리는 등산을 할 때 목표를 바라보고 갑니다. 언제쯤 정상에 도달할까 생각하며 등산을 하면 그 등산은 엄청 힘이 듭니다. 등산하는 과정의 즐거움을 느끼지 못하고 오로지 목표에 도달하는 것만 기다리기 때문입니다.

목표에 도달하기만을 기다리는 것은 고난을 참아내는 인내입니다. 인내는 힘든 일이고 즐겁지 않은 일입니다.

올림픽에서 탁구 결승전을 합니다. 제가 서브를 넣을 차례가 되었습니다. 이제 몇 개만 이기면 금메달을 획득합니다. 이때, 어떤 서브를 어떻게 하는가에 집중해야 합니다. 금메달을 땄을 때 박수와 사람들의 환호를 생각하면 그 서브는 잘 들어가지 않습니다. 왜냐하면 서브를 넣을 때는 서브 넣는 요령을 생각하고 집중해야 서브가 잘 들어갑니다. 금메달을 생각하는 것은 엉뚱한 생각을 하면서 공부하는 것이나 다름이 없습니다.
금메달을 잊어버리고 매 게임마다 순간순간에 최선을 다하면 그 순간이 행복할 것이며 금메달도 더욱 가깝게 다가올 것입니다.

우리가 목표를 생각하면 목표를 달성했을 때의 행복감이 느껴져 성취동기가 생깁니다. 그것을 달성하고 싶은 동기가 생겨 더욱 힘이 납니다. 그러나 항상 목표만 생각하고 있으면 그 목표가 너무 멀게 느껴지고 지금 현재가 너무나 힘들어집니다. 그러면 목표는 더욱 멀어집니다. 가끔은 목표를 잠시 잊어버리고 지금 이 순간 하는 일에 몰입하면 그 자체가 행복이 되기도 합니다.

이것이 명상의 힘이라고 할 수 있습니다.
지금 이 순간을 행복하게 하고,
우리의 소원에 더 쉽게 도달하는 지혜입니다.

다름의 자유 (무관적 통합)

지금까지 다름의 여러 가지 상황에 따라 통합을 하는 방법에 대하여 알아보았습니다. 그런데 '다름이라는 것은 자연스러운 일인데 꼭 통합을 해야만 하는가? 통합하지 말고 자연스럽게 그냥 두면 안 되는 것인가?'라는 의문이 일어납니다.

우리는 살아가면서 나와는 정말 맞지 않는 사람이 있어 만날 때마다 늘 서로의 마음이 부딪혀서 기분이 상하고 마음이 아픈 경우가 한 사람쯤 있습니다. 생각 같아서는 만나지 않고 살았으면 좋겠는데 가족이거나 직장의 중요 인물이라 그럴 수도 없으면 참 곤란합니다.

두 사람이 성격이 완전히 달라서 그런 경우도 있을 수 있으며, 두 사람이 과거에 서로에게 어떤 상처를 준 경험이 있어서 그럴 수도 있으며, 두 사람 추구하는 목적이 서로 달라서 그럴 수도 있을 것입니다. 이런 경우에는 어떻게 행동하는 것이 현명한 태도인지 알아보아야 하겠습니다.

[다름의 자유_1]

다름은 나의 자유다

세상의 모든 생명체가 살아가면서 무엇보다 중요한 것은 생존입니다. 그러므로 생명체는 무엇을 결정함에 있어서 항상 생존의 가능성을 높이는 방향으로 선택을 합니다.

생명체는 자신의 생존에 대한 선택권을 언제나 스스로 가지고 있기를 바랍니다. 생존을 남에게 맡겨서는 자신의 생존 보장을 신뢰할 수 없기 때문입니다.

자기 생존의 확률을 높이기 위하여 생존에 대한 선택을 스스로 갖겠다는 것이 자유입니다. 그러므로 자유는 모든 생물에게 생명과 같이 소중한 것입니다.

개인이 다른 사람과 다르게 무엇인가 선택한다는 것은 개인이 자신의 생존을 위하여 최선의 방법을 선택하기 때문입니다. 그러므로 각 개인의 선택이 서로 다른 것은 지극히 당연한 일입니다.

개인의 자유를 보장해주면, 각자 생각을 자유롭게 하고 창의력을 발휘할 수 있기 때문에 개인의 생존확률을 높이는 것은 물론이며, 그가 속한 사회의 발전에 절대적인 기여를 하게 됩니다. 개인은 자유로운 생각으로 생존에 유리한 무엇을 선택하고, 사회의 발전에 기여함으로써 성취감을 얻을 수 있고 자아존중감을 갖게 됩니다.

이러한 까닭으로 불편한 마음을 해결하기 위해 반드시 항상 통합을 해야만 하는 것은 아닙니다. 개인의 자유를 보장하고 서로에게 피해를 주지 않는 방법으로 다름을 인정해주는 것은 합리적인 일입니다.

다름을 통합하지 않고 그대로 존중하는 것이 아름다운 경우도 많이 있습니다. 음악에서는 소프라노와 바리톤의 어울림이 그러하고, 맑고 높은 바이올린 소리와 부드럽고 낮은 색소폰 소리의 어울림도 아름답습니다. 피겨 남녀 혼성팀의 스케이팅 선수들의 서로 다른 모습도 다름이 아름다운 예라고 할 수 있겠습니다. 이러한 예는 다름을 하나로 만드는 것이 아니라, 다름을 있는 대로 유지하고 존중하여 서로 어울리게 만든 새로운 통합이라고 할 수 있을 것입니다.

따라서 다름이라고 모든 것을 항상 하나로 통합하여야 하는 것도 아니며, 서로 다름을 그대로 유지한다고 해서 통합을 이루지 못하는 것도 아니라고 말할 수 있습니다.

[다름의 자유_2]

고슴도치의 사랑

독일 철학자 쇼펜하우어는 자신의 저서 「Parerga und Paralipomena」에 다음과 같은 "고슴도치 딜레마"라는 우화를 남겼습니다.[25)]

추운 겨울날, 여러 마리의 고슴도치가 모여 있었는데 날씨가 추워서 따뜻하게 하려고 서로 몸을 붙였습니다. 그러나 가까이 다가갈수록 그들의 바늘이 서로를 찔러서 결국 떨어질 수밖에 없었습니다. 그러나 추위는 다시 고슴도치들을 모여들게 만들었고, 똑같은 일이 반복되었습니다. 이런 과정을 반복한 고슴도치들은 서로에게 최소한의 거리를 띄워두고 가까이 있는 것이 가장 좋은 방법이라는 것을 발견하게 되었습니다.

위의 사례에서 고슴도치는 모두 따뜻함을 원해서 서로 조금 더 가까이 다가가서는 가시에 찔리는 아픔을 겪게 됩니다. 그런 아픈 경험을 여러 차례 한 뒤에야 적절한 거리를 알게 되어 조절을 한 것으로 생각됩니다. 철학자 쇼펜하우어 선생님의 탁월한 통찰력이 돋보이는 이야기입니다.

25) 한국심리학회(2014). 「심리학 용어사전」. "hedgehog's dilemma"

인간이 혼자서 살아가는 것은 매우 어려운 일이며 거의 불가능하다고 말할 수 있습니다. 인간이 살아가려면 다른 사람들의 도움을 받아야만 하는데, 때로는 고슴도치처럼 찔리는 아픔을 감수해야 하는 일도 있을지도 모릅니다.

인간 사회에서는 '이 세상에 공짜는 없다.'는 격언처럼 도움을 받으면 반드시 대가를 지불하든지 조금의 자유를 주어야 할지 모릅니다. 그런데 대부분 사람들은 도움은 바라지만 자유를 주는 것은 싫어합니다. 대가를 지불할 능력이 없을 때는 '도움'과 '자유'를 두고 갈등이 생길 수밖에 없게 됩니다.

이러한 경우에 각 개인은 내가 얻을 무엇(도움)과 내가 지불할 무엇을 잘 검토하여야 할 것입니다. 그 무엇이란 경제력이 될 수도 있고 말이나 노동, 감정, 마음, 신념, 시간 등이 될 수 있으며, 정말 아무 대가 없이 순수하게 '내가 주는 기쁨'이 될 수도 있겠습니다.

만약 자유를 소중하게 생각하셔서 가시에 찔리는 것이 걱정되시는 독자 여러분은 어떤 사람과 관계를 할 때에 고슴도치의 지혜를 빌어 따뜻함을 조금 포기하고, 서로의 다름을 존중하고 일정한 거리를 유지하는 것도 지혜로운 일이 될 것입니다.

타인에게 인정받고 칭찬 받는 즐거움을 조금 포기할 수 있다면 나의 자유가 그만큼 늘어날 것입니다.

Part 3

대자연의 가르침을 배우다

마음의 불편함이나 심리적 이상異常의 가장 밑바탕에는 생각이 있다는 것을 우리는 이제 알게 되었습니다. 결국 생각은 굳어서 신념이 형성되고 신념은 우리의 판단이나 행동을 결정하는 방향이 되고 지침이 됩니다.

마음이 편안하고 불편한 것은 '어떤 생각을 하느냐'에서 출발하는데 그것은 우리 각자의 세계관, 인간관, 사생관과 밀접한 관련이 있습니다. 세계관은 자신이 살고 있는 세상을 어떻게 보는가의 문제와 관련된 것이고, 인간관은 인간을 어떻게 보는가에 대한 시각이라고 할 수 있으며, 사생관은 삶과 죽음을 어떻게 생각하는가와 관련된 것이라고 할 수 있습니다.

여기에서 우리는 '자연의 질서'를 정확하게 아는 것은 우리의 세계관, 인간관, 사생관을 형성하는 데 결정적인 영향을 미치게 되고, 그것은 우리의 마음을 치료하는 데 큰 역할을 한다는 것을 알 수 있습니다.

그리하여 'Part 3. 대자연의 가르침을 배우다'에서는 우리가 살고 있는 세상과 인류에 대하여 과학적 지식과 논리를 통해 살펴볼 것이며, 삶과 죽음은 자연의 질서와 어떻게 관련된 것인지를 알아보도록 하겠습니다.

[자연의 가르침_1]

자연의 질서에 따라 변화하다

여기에서 '자연'은 지구상에 있는 인간을 포함한 동물, 식물, 미생물 등의 모든 생물과 무생물과 같은 물질들, 빛과 에너지, 바람 등의 모든 현상들, 태양계, 은하, 우주의 모든 물질과 에너지, 비물질 등의 존재 그리고 인간이 부여한 모든 상징적 존재를 포함하는 우리가 알고 있는 전부를 말합니다.

질서라는 말은 차례 질秩과 차례 서序로 이루어진 말로서 차례 또는 순서를 뜻합니다. '자연의 질서'라는 말은 자연의 '먼저 일어나는 일'과 '뒤에 일어나는 일'의 순서와 모습을 의미합니다.

'변화하다'는 것은 정지되어 있지 아니하고 끊임없이 바뀐다는 뜻입니다. 가령 식물이 자라는 것, 바람이 부는 것, 해가 뜨고 위치가 점점 바뀌는 것, 계절마다 온도가 바뀌는 것, 사람이 늙어가는 것, 지구가 태양의 주위를 공전하는 것, 원자 속의 전자가 핵을 중심으로 회전운동을 하는 것, 태양이 우리 은하의 중심을 중심으로 해서 회전하는 것 등은 모두 변화라고 할 수 있습니다.

위의 풀이를 종합해보면,

"자연은 모든 것을 의미하고, 모든 것은 끊임없이 변화하고 있는데, 그 변화에는 먼저 일어나는 일도 있고 뒤에 일어나는 일도 있다."라는 의미가 되겠습니다.

자연의 질서와 인간에 대하여 좀 더 알아보기 위하여 지구의 역사를 살펴보겠습니다.[26)]

[지구 역사의 간략한 요약]

① 약 47억 년 전 : 태양 및 지구가 형성되기 시작함

② 약 39억 년 전 : 최초 생물 원시수프 생성됨

③ 약 15억 년 전 : 최초 세포가 생성됨

④ 약 5억 년 전 : 최초 척추동물 삼엽충 출현

⑤ 약 2억 4500년 전 : 공룡 출현

⑥ 6500만 년 전 : 공룡 멸종
1억 8천만 년 동안 공룡이 지구의 주인공[27)]

⑦ 6500만 년 전~500만 년 전: 6천만 년 동안 매머드 등 거대 포유류가 지구의 주인공

⑧ 500만 년 전 : 인류의 조상 출현

⑨ 5만 년 전 ~ 현재 : 5만 년 동안 현재 인류 사피엔스가 지구의 주인공

⑩ 1만 년 전 : 농경시작, 문명시작

* 1억 년 = 1만 년의 만 배

26) 유리카스텔프란치(2009), 박영민 역, 지구의 역사.
27) 지구에서 가장 강력한 종족, 먹이사슬의 최상위 계층

위에서 살펴본 바와 같이 우리 종족 인간이라는 동물은 지구가 생성될 시기부터 지구의 주인공도 아니고, 그렇게 오랫동안 지구에 살아온 종족도 아닙니다. 여기서 우리가 찾아낼 수 있는 진리는 인간이 특별한 존재가 아니라 다른 자연과 크게 다르지 않은 평범한 존재라는 사실입니다.

공룡이 약 1억 8천만 년 동안 지구에서 주인공 역할을 한 것에 비교한다면 우리 인류 종족은 이제 겨우 5만 년 정도이니 3,000분의 1에 해당하는 기간입니다.

그럼에도 불구하고 인간은 토양과 물, 공기 등의 지구환경을 오염시켜 기온이 급격하게 올라가고 북극의 얼음이 녹는 등의 이상기후를 만들어내고 있습니다. 공룡이 멸종하던 당시에 소행성이 충돌하여 지구가 먼지로 덮이면서 거의 모든 생물이 살 수 없었던 것을 생각한다면 지금의 공기오염과 이산화탄소의 온실효과 등과 비슷한 느낌이 드는 것은 우연이 아닐 것입니다.

인류가 지금처럼 지구를 오염시킨다면 인류는 스스로 멸종의 길을 걸을 수밖에 없습니다. 과학자들이 앞으로 인류의 멸종까지 1,000년을 보장할 수 없다고 경고하는 이유가 여기에 있습니다. 인류가 지구환경을 오염시키는 원인의 하나는 '인간이 다른 생물과 다른 특별한 존재'라고 생각하는 어리석은 오만이라고 생각합니다. 인류가 자연을 '함께 어울려 살아야 하는 존재가 아닌 정복의 대상'으로 생각하고 자연을 정복하려고만 한다면, 인류는 스스로를 정복해야 하는 모순에 빠지게 될 것입니다. 인류 자신이 자연이기 때문입니다.

인류도 자연 생태계의 일원으로 상호작용을 하는 생물이며 동물일 뿐입니다. 다른 동물과 마찬가지로 식물이 만든 광합성으로 영양분을 섭취하고 다른 동물과 같은 물을 마셔야 하고 다른 동물과 같은 공기를 마셔야 하는 동등한 동물일 뿐입니다. 다만 다른 동물들의 발톱이나 이빨이 날카롭게 진화하고, 앞다리가 날개로 진화할 때 인류는 다행스럽게도 두뇌가 진화했다는 점이 유리하게 작용했을 뿐입니다. 그러나 자연의 질서 앞에서 두뇌가 조금 더 우수한 것이나 발톱이 조금 더 날카로운 것은 '도토리 키 재기'일 뿐입니다.

실제 '지구가 오염'되었다는 말은 인간에게만 해당되는 말입니다. 오염된 공기나 토양, 더러운 바다도 '더럽다'는 개념이 없는 자연의 입장에서 보면 좋고 나쁨이 있을 수 없습니다. 인간이나 생물에게 손익이 있을 뿐입니다.

자연은 그냥 있는 그대로 자연의 질서에 따라 순환을 할 뿐입니다. 인류가 다른 자연과 조화를 이루면서 오래 생존하는 길은 '인간은 특별하지 않다. 인간도 다람쥐나 옥수수나 다름없는 아주 평범한 자연의 일부이다." 라는 겸손함을 가지는 것입니다. 아니, 그것은 겸손이 아니라 진실을 깨닫는 일입니다.

"자연은 자연의 질서에 따라 끊임없이 변화한다."

[자연의 가르침_2]

인연이 결과를 만든다

앞 장에서는 주로 '나는 자연의 일부이다'라는 주제에 초점을 맞추어서 이야기를 하였으며, '질서'라는 의미를 차례 또는 순서라고 풀이하였습니다. 또한 자연의 변화는 언제나 계속해서 일어나는데 먼저 일어나는 일도 있고 뒤에 일어나는 일도 있다고 하였습니다.

여기서는 먼저 일어나는 일과 뒤에 일어나는 일에 대해 자세히 알아보고자 합니다. 특히 먼저의 일이 나중의 일에 영향을 미치는 경우를 생각해보겠습니다.

철이는 사과 씨앗을 밭에 심었습니다. 그 밭에는 양분이 많은 좋은 흙이 있어서 씨앗이 잘 자랄 수 있었습니다. 가끔 비가 와서 물을 마실 수도 있었고 바람이 불어 통풍이 잘 되어 씨앗이 썩지도 않았습니다. 씨앗은 잎을 틔우고 줄기를 만들고 나무가 되어서 무럭무럭 자랐습니다. 그곳의 기온도 적당하여 사과나무는 드디어 사과 열매를 맺게 되었습니다.

여기서 일어난 일을 순서대로 적어보면,

① 사과 씨앗을 심다.

② 흙에서 양분을 얻는다.

③ 비가 와서 물을 마셨다.

④ 통풍이 잘 되었다.

⑤ 기온이 적당했다.

⑥ 나무가 자라서 사과 열매를 맺었다.

먼저 일어난 일은

- 씨앗을 심다.
- 양분을 얻다. 물을 먹다.
- 통풍이 되다. 기온이 적당하다.

뒤에 일어난 일은

- 나무가 자랐다.
- 사과 열매를 맺다.

먼저 일어난 일 중에서 가장 중요한 일을 하나만 찾는다면 당연히 '씨앗을 심다'일 것입니다. 이것을 우리는 '원인'이라고 합니다. 원인은 가장 중요한 인이라는 뜻입니다. 여기서 인因은 '씨앗 인'입니다.

뒤에 일어난 일 중에서 가장 중요한 일을 하나만 찾는다면 당연히 '열매를 맺다'일 것입니다. 이것을 우리는 '결과'라고 합니다. 결과는 맺을 결結, 열매 과果자로 '열매를 맺다'는 뜻입니다.

다시 말하면 앞에 일어난 일이 뒤에 일어난 일에 결정적으로 영향을 미칠 때, 앞에 일어난 일을 '원인' 또는 '인'이라고 하고 뒤에 일어난 일을 '결과' 또는 '과'라고 합니다. 그리하여 원인과 결과를 합하면 '인과因果'라는 말이 탄생합니다.

그런데 이 씨앗이 자라서 나무가 되고 열매를 맺는 데 도움을 준 것이 많이 있습니다. 도움이 없었다면 열매를 맺지 못하였을 것입니다. 그것이 양분, 물, 바람, 기온 등입니다. 이런 것을 간접적으로 '연결되어' 있는 것이라고 하여 '연緣'이라고 합니다.

앞에서 설명한 원인의 '인'과 방금 이야기한 간접적인 도움을 준 '연'을 합쳐서 인연因緣이라고 합니다.

그렇다면 "사과나무는 인과 연이 합쳐진 인연으로 열매를 맺는다. 즉 결과가 된다."라는 뜻이 됩니다.

세상의 모든 일은 원인과 결과가 있으며, 그것을 도와주는 연이 있습니다. 이것은 철학의 진리이기고 하거니와 과학의 진리이기도 합니다. 흔히 이것을 "인과의 법칙"이라고 합니다.

"변화는 인연으로 결과結果를 만든다.
그러므로 우리가 원하는
소원이라는 결과는 인연因緣으로 만들어진다."

[자연의 가르침_3]

결과는 다시 인연으로 순환한다

앞에서 예를 들었던 사과나무에서 열매가 결과로 나왔습니다. 그런데 결과인 사과가 열렸다고 끝이 아닙니다. 열매인 사과는 다음과 같은 여러 가지 운명의 길을 걸을 수 있습니다.

① 사과가 땅에 떨어져 썩고 씨앗이 다시 싹을 띄운다.
② 원숭이 한 마리가 사과를 땄는데 또 다른 원숭이가 그 사과를 빼앗으려고 하다가 싸움이 붙었다.
③ 사람이 사과를 따서 시장에 내다 팔았다.

①번의 경우 사과는 다시 사과나무가 되고 열매를 맺는 인因이 됩니다. ②번의 경우 사과는 두 마리의 원숭이가 서로 싸우게 되는 원인이 되는 인因으로 작용할 수 있고, 서로 싸우는 과정에서 원숭이가 다른 원숭이를 물어서 피가 나게 되었다면 원숭이의 상처에 대한 연緣으로 작용합니다. 이 때 인因은 '이빨로 무는 행위'가 되겠습니다. ③번의 경우 사과를 시장에 팔아 돈을 벌었다면 사과는 수입의 인因이 될 것이고, 그 돈으로 쌀을 사서 부모님께 밥을 해드렸다면 부모님의 배부름에 대한 연緣이 되기도 할 것입니다.

그렇다면 처음에 열매를 맺은 사과는 경우에 따라서 또 다른 새로운 인이 되거나 또 다른 새로운 연이 될 것입니다. 이렇게 하나의 결과는 새로운 인연이 되어 새로운 결과를 만드는 변화를 하게 될 것입니다. 이렇듯 세상의 모든 일은 인연으로 결과를 만들고, 그 결과는 또 새로운 인연으로 작용하여 새로운 결과를 만드는 것을 반복하게 됩니다. 똑같은 모습으로 반복하는 것이 아니라 인연이 결과가 되고 결과는 인연이 되는 변화가 순환된다는 뜻입니다.

이렇게 하나의 물질이나 존재가 또는 현상이 인이나 연이 되었다가 결과가 되었다가 하는 순환을 거치는 것을 보면 지금 현재는 결과로서 멋있고 빛나게 보이겠지만, 순환을 거치면 또 다른 결과의 인이나 연이 되므로 항상 빛나게 보이는 것도 아니라는 것입니다.

그러므로 어떤 존재가 보이지 않은 인연이 되기도 하고 빛나는 결과가 되는 순환을 끊임없이 계속하므로 그런 의미에서 모든 존재는 평등하다고 말할 수 있습니다.

별의 일생

우리들이 평소 영원함의 대표라고 생각하는 것이 별, 달과 태양입니다. 우리가 아는 순환 중에 아마도 범위가 가장 큰 것은 '별의 순환' 즉 태양의 일생이 아닐까 생각합니다.

태양과 같은 별은 우주공간에 흩어져 있는 성간 물질 즉 우주의 먼지들이 모이고 뭉쳐서 만들어집니다. 우주의 먼지들이 모이면 서로 간에 중력(인력)이 발생하여 서로 끌어당기게 되고 그러면 성간물질이 모이는 힘이 더욱더 커지게 되고 그러면 덩치가 더 커지고…

이렇게 하여 물질들이 부딪히고 소용돌이를 일으키며 열을 발생시키고 반응을 하며 태양과 같은 별로 성장을 하게 됩니다. 그리고 그 안에 있던 수소와 같은 물질이 타면서 빛을 내게 됩니다. 밤하늘에서 빛나는 대부분의 별들은 대부분 이렇게 해서 태어난 태양과 같은 항성별이라고 할 수 있습니다.

태양의 크기는 지구의 130만 배 정도 됩니다. 태양과 지구의 크기와 거리를 비교한다면, 아시아 전체 대륙에 아무것도 없는 벌판에 1층 단독주택(태양)이 하나 덜렁 있고, 그 주택에서 1.5Km 떨어진 곳에 귤(지구) 하나가 떨어져 있는 것과 비슷합니다. 우리는 귤껍질 위에 붙어 그것이 세상의 전부라고 생각하고 살고 있습니다.[28)]

---

28) 실제로는 우리의 태양이 있는 곳에서 가장 가까운 다른 태양이 있는 곳까지의 거리는 4.3광년으로 아시아 대륙보다 훨씬 먼 곳에 하나의 주택(태양)이 있다고 할 수 있습니다.

별이 에너지가 많고 힘이 넘칠 때를 주계열성별이라고 하고, 별이 나이가 들어 에너지를 다 소진하고 나면 힘은 없고 부피만 커집니다. 이때를 적색거성이라고 합니다. 그러다 더 나이가 들면 백색왜성이라고 에너지도 없고 덩치도 조그맣게 변합니다. 이때 주변에 동반성[29]이 있으면 같이 힘을 합쳐 마지막 폭발을 하는데 그것이 초신성이라고 하여 보통 별보다 엄청나게 밝은 별이 짧은 기간에 생깁니다. 마지막 불꽃을 태우고 블랙홀이 되거나 우주의 먼지로 다시 돌아갑니다.

어떻습니까? 우리에게 영원을 상징하는 태양이나 별도 주계열성의 젊은 나이에는 에너지도 많고 밝게 빛나는데 나이 들고 늙어 가면 적색거성처럼 힘이 빠지고 허풍만 커지다가 백색왜성으로 쭈그러들어 죽어가는 것이 우리 인간의 삶과 닮았다고 생각되지 않습니까?

그러나 걱정하지 마십시오. 먼지가 되어 우주 성간물질이 된 별의 부스러기는 모이고 모여 다시 별이 되는 순환을 하고 있으니까요. 인간의 수명이 백 년이라면 항성별의 수명은 보통 100억 년 정도입니다. 하루살이가 사람 일생을 비교하는 것보다 1000배 정도가 더 차이나는 시간이라고 합니다.

그렇게 영원할 것이라고 믿고 있던 별들도 탄생과 죽음이 있다는 것은 놀라운 일입니다. 그러나 한편으로 생각하면 '아, 이 세상의 모든 것은 아니 우주의 모든 것은 다 순환을 계속하고 있구나!'라는 생각을 하게 됩니다.

---

29) 서로의 자전과 공전에 영향을 주는 아주 가까이 위치한 두 별

저와 독자 여러분도 아버지와 어머니로부터 유전자를 받고, 자연이 선물해주는 음식을 먹고 이렇게 성장하며 살아가고 있습니다. 하늘에 있는 별들이 언젠가 적색거성이 되고 백색왜성이 되어 다시 우주의 먼지로 돌아가듯이 우리도 자연으로 돌아가게 되는 순환을 계속하겠지요.

이런 대자연의 거대한 순환의 질서 앞에서, 오늘 하루의 기분이 조금 좋거나 나쁜 것이 무슨 큰 의미가 있겠습니까?

"결과는 새로운 인연으로 순환한다.
그러므로 모든 존재는 평등하다."

Part 4

사람이 할 수 있는 일을 하다

Part 3에서 마음의 불편함이나 심리적 이상은 세계관, 인간관, 사생관과 관계 깊으며 그것은 자연의 질서와 관련되어 있다는 것을 살펴보았습니다.

Part 4에서는 마음의 불편함과 심리적인 이상을 사람이 할 일과 관련지어 생각해 보도록 하겠습니다.

마음의 불편함이나 심리적인 이상은 일상생활을 하면서 내가 원하는 마음과 내가 만나는 현실이 서로 다름으로 인하여 생기는 일입니다. 내가 원하는 마음의 근원에는 나의 생존과 행복과 관련된 일이며, 그것은 일과 관계로 이루어져 있습니다.

그러므로 '생존'과 '일과 관계'를 살피는 것이 마음을 치료하는 기초의 지식이 될 것입니다.

그리하여 여기서는 생명이 개인에게는 얼마나 소중한 것인지 경험적으로 알아볼 것이며, '생존의 요건'이라고 할 수 있는 '안재업애자감'에 대하여 살펴볼 것입니다. 마지막으로 우리의 생활이라고 할 수 있는 '일과 관계를 잘할 수 있는 방법'에 대하여 알아볼 것입니다.

[사람이 할 일_1]

나는 서울의 모든 빌딩보다 비싸다

'자연의 질서' 차원에서 보면 인간은 토끼나 다람쥐와 다르지 않은 하나의 동물일 뿐이고, 길가에서 부딪히는 돌멩이 하나, 풀 한포기와 다르지 않은 자연의 하나일 뿐입니다.

'우리는 특별하지 않고 특별히 선택된 사람도 아닙니다. 자연의 질서에 따라 순환하며 잠시 동안 지구별에 왔다가 언젠가 사라질 존재일 뿐'이라는 진실 앞에 마주서게 되면 우리 인간은 너무나 보잘것없이 작고, 우리들의 인생은 허무하다는 생각이 들게 됩니다.

그럼에도 불구하고 우리는 열심히 살아야 합니다.

왜 그럴까요?

다음의 사례를 보면서 생각해 봅시다.

지윤이는 중학교 2학년 여학생입니다. 최근 집에서 자해를 하다가 부모님께 발각되었고, 노트에 자살에 관련된 낙서를 한 것을 선생님이 발견하여 상담을 하게 된 학생입니다.

■ 신뢰관계 형성

상담교사(이하 상) : 지윤이구나? 어서 와. 점심은 먹었어?

지윤 : ...

상 : 앉아라. 선생님이 바쁜 일이 있어 그러는데 잠깐만 소파에 앉아서 기다려줄래?

지윤 : (작은 목소리)예.

상 : ...

지윤 : (시간이 흐른 뒤) 선생님 상담 안 해요?

상 : 응, 미안. (소파에 와서 앉으며) 그래, 어떻게 왔니?

지윤 : 담임 선생님이 가보라고 해서요.

상 : 응, 그랬구나! 그래, 무슨 일이 있었니?

지윤 : 낙서한 거 들켜서 왔어요. 장난으로 그런 건데.

상 : 그래, 무슨 낙서를 했는데?

지윤 : (머뭇거림)

상 : 괜찮아, 선생님도 학생 때 낙서 많이 했어. 보여줘 봐.

지윤 : (말없이 낙서 종이만 슬며시 내민다.)

(* 자연스러운 인사와 일상적인 주제로 대화의 문을 열고, 내담자가 스스로 이야기를 하고 싶은 마음이 생기도록 관계 형성한다.)

■ 감정 읽기

상 : 음, '자해, 아프다. 싫다. 죽음, 자살, 시발, ...'

지윤 : ...

상 : 지윤이, 너 마음이 많이 힘들었구나!

(* 잘못을 지적하지 않고 지윤이의 감정을 읽어준다.)

지윤 : 장난으로...

상 : 알아, 장난인 줄. 그리고 마음이 힘들면 장난이지만 이런 글자를 써보고 싶은 것도...

지윤 : ...

상: 괜찮아, 네가 잘못했다는 거 아니야. 힘들 때는 낙서도 할 수 있는 거지. 그래, 지윤이를 제일 힘들게 한 게 뭔지 말해줄 수 있니? 선생님이 그냥 들어만 줄게.

지윤 : 그냥 답답해요.

상 : 음, 뭔지는 모르지만 가슴이 답답하고, 이유는 모르겠다?

지윤 : 예.

■ 자해 경험 & 계획 물어보기

상 : 전에도 이런 낙서를 해 본 적이 있니?

지윤 : 처음 해봤어요.

상 : 자살 사이트에도 들어가 봤어?

지윤 : 예.

상 : 느낌이 어땠어?

지윤 : 무서웠어요.

상 : 음, 그랬구나! 손목에 상처도 냈었어?

지윤 : 아뇨. 빨강 볼펜으로 그냥 흉내만 내 봤어요.

상 : 볼펜으로 그을 때 기분이 어땠어?

지윤 : 칼이라고 생각하니까 찌릿하고 무서웠어요.

상 : 앞으로 또 해볼 생각이야?

지윤 : 아뇨.

상 : 사이트와 낙서는?

지윤 : 이제 안 할 거예요.

■ 바람 물어보기

상 : 지윤이는 지금 세상이 싫지? 원하는 세상은 어떤 거야?

지윤 : 무슨 세상?

상 : 지윤이가 바라는 대로 다 된다면 어떤 거 바라고 싶어?

(* 지윤이가 마음으로 바라는 것이 무엇인지 물어본다.)

지윤 : …

상 : 괜찮아, 얘기해 봐.

지윤 : 제가 공부를 좀 잘 했으면 좋겠어요. 아니 중간 정도만 됐으면 좋겠어요.

상 : 아, 지윤이가 공부를 좀 잘했으면 하고 생각했구나! 기특한데?

지윤 : 그리고, 얼굴도 좀 예뻤으면 좋겠어요.

상 : 공부를 좀 잘하고, 얼굴이 좀 예쁘면 뭐가 좋은데?

지윤 : 공부를 좀 잘하고 얼굴 좀 예쁘면, 부모님과 친구들이 무시하지 않을 것 같아요.

상 : 아, 지윤이가 부모님과 친구들에게 인정받고 싶은 모양이구나! 인정해주지 않아서 많이 서운했구나!

지윤 : 예, 친구들이 안 놀아줘서 힘들었는데, 부모님도…

상 : 친구들이 안 놀아주고, 부모님도 마음을 몰라줘서, 지윤이가 많이 힘들었구나!

지윤 : 예.

■ 해결방안 물어보기

상 : 그런데, 지윤이는 왜 공부를 잘했으면 생각하고, 얼굴이 예뻤으면 생각하게 되었지?

지윤 : 친구들이 얼굴도 못생긴 게 공부도 못한다고 했어요. 그래서 안 놀아줬어요.

상 : 지윤이가 상처를 엄청 받았겠구나! 억울하고 분하기도 하고… 그래서 부모님도 원망했구나.

(* 지윤이의 불편한 마음을 읽어준다.)

지윤 : 예.

상 : 그러면, 공부를 열심히 해보는 것은 어떨까?

지윤 : 조금 해봤는데요. 잘 안 돼요. 공부 못하는 애가 조금 한다고 갑자기 달라지지는 않구요.

상 : 음, 그렇구나! 그럼, 앞으로 뭘 하고 싶어?

지윤 : 재미있는 게 없어요.

상 : 지윤이가 잘하는 거나 좋아하는 거 뭐 없을까?

(* 지윤이에게 물어봄으로써 해결의 실마리를 찾는다.)

지윤 : 다른 사람보다 잘하는 거 없어요. 종이접기면 몰라도.

상 : 지윤이가 종이접기를 잘하는구나. 선생님은 종이접기를 잘 못하는데 접어놓은 것은 엄청 좋아해.

지윤 : 잘하지는 못해요.

상 : 잘하지 않아도 좋아하면 돼. 오늘 집에 가서 지윤이가 제일 잘하는 걸로 종이접기를 하나 해올래? 선생님한테 선물하면 선생님은 엄청 기쁠거야.

지윤 : 그러죠. 그건 뭐 어렵지 않아요.

상 : 지윤아, 고맙다. 내일 이 시간에 기다릴게.

지윤이는 다음날 여러 가지 예쁜 모양의 종이 접기를 한 것을 가지고 왔습니다. 저는 매우 만족해하며 그것을 제 책상 위에 소중히 올려놓았고, 선물 받은 대가로 예쁜 매듭을 지윤이에게 주었습니다. 지윤이도 매우 좋아했습니다. 그리고 지윤이가 종이접기를 좀 더 배울 수 있도록 종이접기 강좌를 소개해주었습니다.

자해를 하는 학생이나 자살을 생각하며 낙서를 하거나 사이트를 들어가 활동하는 학생, 자살을 시도하는 학생 모두는 정말 죽고싶은 학생은 없을 것입니다. 모든 생물에게 생존은 가장 가치가 높은 본능이니까요. 생존이란 타인에게는 한 사람의 생명이지만 당사자에게는 서울의 모든 빌딩보다 더 비싼, 지구 전체 아니 우주 전체보다 더 가치가 높은 것입니다. 왜냐하면 생존이 끝나는 순간 우주 전체도 사라지기 때문입니다.

그들이 죽고 싶다고 하는 말의 의미는 그들이 원하는 세상이 있는데, 그런 세상에서 살고 싶은데 그것이 마음대로 되지 않으니 "나는 죽고 싶을 만큼 힘듭니다."라고 외치는 표현입니다.

우리는 그러한 청소년의 마음을 이해하고 공감해주며, 원하는 세상이 어떤 것인지를 물어주고, 그러한 세상을 스스로 만들어 갈 수 있는 통찰을 깨닫도록 도와주어야 할 것입니다.

《 쉼터 》 이상한 정글

넓고 넓은 우주의 한 모퉁이 은하라고 불리는 세상의 한 쪽 구석에 정글이라는 작은 마을이 있었습니다.

이 마을에서는 모두들 엄청나게 바쁘게 살아가고 있습니다. 여기서는 자신의 생명이 왜 소중한지 생각할 겨를이 없습니다. 그냥 자신의 생명을 보호하기에도 급급합니다. 나의 생명이 왜 소중한 것인지를 생각하는 것은 사치에 불과합니다. 우선은 살아남아야 생각을 하든지 의미를 찾든지 자살을 하든지 다른 선택을 할 수 있습니다.

정글에서 모든 생명은 각자가 자신의 생존을 책임져야 합니다. 그 누구도 자신의 생존을 완전하게 보호해줄 수 없습니다. 옆에 있는 다른 생명은 기본적으로 나와 먹이를 나누거나 나를 먹이로 생각하는 관계이므로 라이벌이 되거나 천적이 됩니다. 내가 먹이가 되거나 나의 먹이를 확보하지 않으면 죽을 수밖에 없는 곳이니까요.

정글은 원래 그런 곳입니다. 다만 생존의 위협을 느낀 약한 생명들이 서로의 상생을 위해 협력을 하는 경우도 많이 있습니다. 서로 협력하여 생존을 유지할 수 있다는 것을 알게 된 것은 엄청난 사고의 혁명 같은 것입니다. 이러한 혁명적인 사고가 없었다면 인류는 벌써 사라진 종족의 하나였을 것입니다.

정글에서는 본래부터 다른 생명에게 관심이 없습니다. 생명체들은 '자신의 먹이가 되는 것인지 아니면 자신의 생존에 위협이 되는 것인지'에 관심이 있기 때문에 내가 세수를 했는지 머리를 감았는지에 대하여 아무도 관심이 없습니다.

다만, 나의 생존을 걱정해주시는 부모님과 나를 멋진 사람으로 또는 예쁜 사람으로 봐주는 나의 연인과 심심할 때 수다를 떠는 몇몇의 친구들이 나에게 관심을 가질 뿐입니다. 그래서 나는 '다른 사람이 나를 어떻게 생각할 것인가'하는 고민은 전혀 필요가 없습니다. 모든 생명은 자신이 살아남기에도 바쁠 테니까요.

이런 삭막한 정글에서 나를 진정으로 위해주는 한 사람만 있어도 나는 참으로 다행스럽다고 생각합니다. 그렇지 않으면 오로지 혼자만이 나의 생존에 대한 걱정을 해야 했을 테니까요. 아참, 한 사람이 더 있는 것 같습니다. 그러고 보면 나는 참으로 다행스럽고 운이 좋은 생명체인 것 같습니다. 나에게 관심을 갖고 정말 걱정을 해주는 사람이 이 넓은 정글에서 두 사람이나 있으니까요.

나는 참으로 행복한 사람입니다.

[사람이 할 일_2]

생존은 「안재업애자감」 이다

살아있는 한 모든 생명체에게는 생존이 가장 중요한 것입니다. 모든 사람은 누구나 생존과 행복을 바랍니다. 그러면 '잘 생존하다'는 것은 어떤 모습일까요?

먼저, 지금 살아있는 것이 중요합니다.

생물이 살아가는 데 있어 가장 직접적인 생존의 보호는 다른 동물의 공격이나 재난, 질병으로부터의 안전입니다. 아무리 즐거운 일이 있다고 해도 안전이 확보되지 않고 위험하면 즐겁게 느끼지 못할 것입니다. 아무리 중요하고 위대한 일이 있다 해도 자신의 생명을 잃는다면, 그것은 자신에게는 소용이 없을 것입니다. 한 인간에게 있어서 '살아있다는 것'은 적어도 그 사람에게는 온 우주보다도 소중한 것입니다. 생명이 다하면 그 사람에게는 우주가 사라지니까요.

그러므로 생존의 첫 번째 필수요건은 안전(安; 안)이라고 할 수 있습니다.

생존은 **안**安 입니다.

다음으로 중요한 생존의 요건은 무엇일까요?

현대에는 텔레비전을 통하여 지구 반대편에 있는 밀림에서 동물들이 생활하는 모습들도 생생하게 볼 수 있는 시대입니다. 텔레비전이나 동영상으로 동물들의 생활을 유심히 보신 적이 있나요? 동물들은 주로 무슨 활동을 하고 있었나요?

그렇습니다. 동물들은 대부분의 시간을 먹거나 먹이를 사냥하는 데 사용하고 있습니다. 간혹 먹이를 얻기 위해 싸움을 벌이기도 하고 자신의 먹이 영역을 지키기 위해 죽음을 무릅쓰고 경쟁을 벌이기도 합니다.

인간의 모습을 볼까요?

원시시대 인간은 빠르지도 못한 다리와 날카롭지 못한 이빨을 가지고 다른 동물들이 먹다가 남긴 뼈를 깨뜨려 먹으면서 삶을 유지하기도 하였습니다. 고대국가 이후로 식량을 구할 수 있는 땅을 차지하기 위해 수많은 전쟁을 일으키기도 하였으며 오늘날에도 그 모습은 크게 다르지 않습니다. 약 1만 년 전 인류가 농경을 시작하며 식량이 확보되자 인구가 폭발적으로 늘어나게 되었습니다.

먹는 문제가 해결되고 남은 식량으로 재산을 축적하게 되었고 그것은 인류 문명을 시작하는 신호가 되었습니다. 인간에게도 생존을 유지하기 위해서는 먹는 것이 가장 중요하다는 것을 알 수 있습니다.

그렇다면 현대에도 먹는 것이 가장 중요할까요?

그렇습니다. 현대사회에 사는 사람들도 먹는 것이 가장 중요합니다. 다만 현대에는 식량을 보관하기보다 그것을 언제든지 구입할 수 있는 재산을 확보하는 일에 온 힘을 기울인다고 할 수 있습니다. 그러므로 식량을 재산으로 표현하겠습니다.

우리는 여기에서 생존의 필수요건으로 재산(財; 재)이 중요하다는 의미에서 다음과 같이 표시하겠습니다.

생존은 **재**財 입니다.

다시 동물들에게로 돌아가겠습니다. 동물들은 먹이를 얻기 위하여 무엇을 하나요?

초식 동물은 먹이 활동을 하고 육식동물은 먹이 사냥을 합니다. 초식 동물이 먹이 활동을 할 때에도 풀을 찾아서 목숨을 걸고 먼 길을 걸어야 하고 때로는 악어가 있는 강을 건너기도 합니다. 육식 동물들은 먹이 사냥을 하기 위하여 초식 동물보다 더 빨리 달려야 하고 뿔에 찔리는 것도 감수해야 합니다. 때로는 비슷한 육식 동물과 먹이를 놓고 목숨을 걸고 경쟁을 해야 합니다.

이렇게 먹이를 구하는 일은 쉬운 일은 아닙니다. 생존을 유지하기 위하여 일생 동안 해야 하니까요.

사람들은 재산을 확보하는 능력을 기르기 위하여 어릴 때부터 독서를 하고, 학교에 다니고 공부를 하고 기술을 배웁니다. 그리고 성인이 되면 직업을 갖게 됩니다. 보통 일생 동안 누구나 한 가지 이상의 일을 하며 식량을 확보하고, 생활에 필요한 비용을 벌어서 사용합니다.

사람들은 자기 직업의 일을 하면서 오로지 돈만 얻는 것은 아닙니다. 일의 가장 중요한 목적은 식량이나 생활비용을 확보하는 것이지만, 일을 하는 과정에서 성취감을 느끼기도 하고 동료들과 좋은 관계로 얻어지는 만족감도 삶에서 매우 중요합니다. 사람들은 매일 24시간 중에서 8시간은 잠자고 8시간은 일을 합니다. 나머지 8시간을 식사와 휴식과 취미활동, 그리고 사람과의 만남 등으로 사용합니다. 인생의 3분의 1을 일에 사용하는 것은 삶에서 일이 얼마나 중요한지 말해주는 것이라 하겠습니다.

일이 소중한 이유는 식량을 얻는 목적 이외 또 하나의 중요한 의미가 있기 때문입니다. 그것은 일의 즐거움이라 할 수 있습니다. 일은 식량을 확보하는 중요한 일과 함께 일을 하는 자체의 재미가 매우 중요합니다. 사람이 아무 일을 하지 않고 집에서 먹기만 한다는 것은 고된 노동을 하며 사는 것보다 더 힘든 생활이 될 것입니다.

그러므로 적당하게 노동이 요구되는 일은 식량을 확보하는 것과 즐거움과 건강을 위해서도 매우 중요하다고 할 것입니다.

우리는 여기에서 생존의 필수요건으로 식량을 확보하고 삶의 즐거움과 건강을 유지하는 '일', 즉 직업(業; 업)을 찾을 수 있었습니다.

생존은 **업**業 입니다.

때때로 동물들은 사냥과 먹이 활동이 아닌데도 목숨을 걸고 싸움을 하는 경우가 있습니다. 바로 번식기가 되어 짝짓기를 할 때가 그렇습니다.

주로 수컷 동물들은 같은 수컷의 경쟁자를 물리치고, 암컷에게 구애하여 암컷과 짝짓기를 할 수 있게 됩니다. 경쟁에서 패배한 수컷은 목숨이 위험할 정도로 상처를 입게 되고 번식을 할 수 있는 기회도 얻지 못합니다.

이런 동물들의 짝짓기 활동을 사람에게 비교하면 어떤 모습일까요? 사람들도 동물과 크게 다르지 않게 사춘기 시기부터 자신의 이상형을 찾기 시작합니다.

동물들은 대부분 건강한 신체를 보여주거나 싸움을 잘하는 능력을 암컷에게 보여주기고 하고 먹이를 사냥해서 선물을 하기도 합니다.

동물들의 이런 행동과 비슷하게 사람들은 마음에 드는 이성의 마음을 얻기 위해 외모를 뽐내거나 자신의 능력을 보여주기도 합니다. 또 애인에게 선물을 주기도 하고 자기의 능력과 재력을 과시하기도 합니다. 정도의 차이는 있을지라도 동물들의 하는 방법과 크게 다르지 않은 것 같습니다.

동물들은 암컷과 짝짓기를 하기 위하여 목숨을 바쳐서 경쟁자를 물리치고, 마음에 드는 배우자를 만나 새로운 둥지를 만들기도 하고, 짝짓기를 하고 신혼기간을 보내며 새끼를 낳아 가족을 이루어 살기도 합니다.

사람들 중에는 사랑하는 사람을 위하여 자신의 모든 것을 바치는 사람을 우리는 주변에서 어렵지 않게 볼 수 있습니다. 사랑하는 이성을 만나서, 결혼을 하여 가정을 이루고 행복하게 살아가는 것은 보통 사람들이 꿈꾸는 가장 일반적인 소원이라고 할 수 있습니다.

사람들이 일생을 살면서 여러 종류의 사람들과 만나고 서로에게 도움을 주기도 하지만 배우자와 같이 정신적, 육체적, 경제적, 그리고 종족보존의 공동체가 되는 경우는 없습니다.

이처럼 동물들이나 사람에게 있어서 이성의 배우자를 사랑하고 결혼하여 같이 살아가는 것은 일생에서 가장 중요한 일 중의 하나라는 것을 알 수 있습니다.

사랑(愛; 애)이 생존에서 가장 중요한 일 중의 하나가 되는 이유는 자녀가 바로 자기 자신의 생존이기 때문입니다.

그러므로 생존은 애愛 입니다.

앞에서 살펴본 바와 같이 동물과 사람들이 이성에 대한 사랑에 목숨을 거는 이유는 무엇일까요?

일반적으로 이성을 사랑하는 것은 본능이라고 합니다. 그러면 어떻게 하여 사랑이 목숨을 걸고 인생을 걸 만큼 강한 본능이 되었을까요?

동물은 물론 식물까지도 모든 생물체는 유한한 생명을 갖습니다. 사람도 동물의 하나로 100년 정도의 생명을 유지하고 다시 자연으로 돌아갑니다. 그런데 강한 생명의 본능은 생명을 영원히 유지하는 것입니다.

이렇게 영원히 생존하고 싶은 본능과 생명의 유한함이 함께 상호작용하여 자기 자신과 꼭 닮은 생명을 만들어 영원한 생존을 실현하게 된 것입니다.

그리하여 자신이 만든 생명은 자신과 같은 가치를 부여하게 되는 것입니다. 나중에 자신이 자연으로 돌아간 후 다음 세상의 자신이라고 할 수 있으니까요.

동물들은 새끼가 어릴 때는 자신보다 먼저 먹이를 제공하고 자신의 목숨을 바쳐서도 새끼들을 지켜내려고 노력합니다. 호랑이나 사자와 같은 강한 동물은 자신의 새끼를 지켜내는 것이 어렵지 않으니 일 년에 한두 마리를 낳아 잘 기르는 방법으로 진화하였고, 토끼나 들쥐 같은 동물들은 힘이 약해 다른 동물들에게 희생당할 가능성이 매우 높으므로 짧은 기간에 많이 낳아서 살아남을 확률을 높이는 방법으로 진화하게 되었습니다.

사람들도 자신의 자녀들을 매우 소중하게 생각합니다. 부모들은 자식을 잘 키우고 성공하여 자립하도록 하는 것이 자신의 가장 중요한 의무 중 하나이며, 살아가는 중요한 보람의 하나로 생각하는 부모들도 많이 있습니다.

이와 같이 사람에게 있어서 자녀(子)를 잘 키우고 자립하도록 하는 일은 인생에서 가장 중요한 일의 하나라고 할 수 있습니다.

그러므로 생존은 (**자**子) 입니다.

지구의 중생대 말기에 공룡의 시대가 마감되고 새로운 대형 포유류가 크게 번성하였습니다. 매머드 같은 동물은 인간보다 몇 십 배가 넘는 커다란 동물입니다. 그럼에도 어떻게 하여 인류가 살아남았으며 그러한 동물들과 싸워 이길 수 있었을까요?

대형 포유류는 생존을 위한 전략으로써 몸을 더 크게 하여 힘이 강한 방법을 선택하였고, 인류는 체력도 적고 이빨도 날카롭지 않지만 지능을 발달하는 방법으로 진화를 선택하였습니다.[30] 그 결과 인류는 서로 소통할 수 있었고, 협력을 이끌어 내는 방법을 터득하게 되었습니다. 협력의 힘은 자신보다 100배나 큰 매머드를 사냥할 만큼 강력한 무기가 되었습니다. 그리하여 인류는 혼자서 살 수 없는 사회적 동물이 되었습니다.

인류는 농경이 시작되고 한 곳에 정착하여 모여 살게 되면서 사람들과 협력하는 일이 개인의 능력보다 더욱 중요한 일이 되었습니다. 이때부터는 생물학적인 생존도 중요하지만 사회적인 생존이 더 중요하게 되었습니다.

'사회적인 생존'이란 생물학적인 생존과 달리 사회 속에서 한 사람의 구성원으로서 인정받고 협력을 보장받는 것입니다. 이렇게 됨으로써 개인은 필요할 때 다른 사람의 협력을 받을 수 있어 생존의 가능성을 높일 수 있고, 타인의 인정을 받으며 살아있다는 느낌을 받을 수 있게 되었습니다.

30) Richard Dawkins(2006), 홍영남 역. 이기적 유전자. 을유문화사.

사람들은 생존을 위하여 자기 자신의 능력을 잘 알아야 할 뿐만 아니라 다른 사람의 협력을 얻기 위하여 타인이 나를 얼마나 좋게 평가하는지도 잘 알아야 합니다.

스스로 자신의 능력이나 가치를 높게 평가하고, 스스로 타인으로부터 좋은 평가를 받는 느낌을 '자존감'이라고 합니다.[31] 자기 스스로를 높게 평가하고, 타인이 자신을 높게 평가할 것이라고 생각하는 것을 자존감이 높다고 말할 수 있습니다. 이러한 자존감은 사회적 생존의 모습 중에 하나라고 할 수 있습니다.

사회적 생존에 대한 욕구의 하나로 '존재감'을 들 수 있습니다. 존재감이란 자신이나 다른 사람에게 스스로가 살아있음을 보이고 싶어 하는 본능적인 욕구라고 할 수 있습니다. 스스로 말하지 않아도 다른 사람이 알아주면 그 사람은 조용히 품위를 지키고 있는 경우가 많습니다. 스스로 표현하지 않으면 타인이 알아주지 않는 사람은 타인의 관심이나 인정을 받기 위하여 눈의 띄는 행동을 하는 사람도 많습니다. 이런 행동은 모두 사회적 생존의 본능적 욕구의 표현이라고 할 수 있습니다.

여기서는 자존감과 존재감 등의 사회적 생존을 감(感)으로 표현하겠습니다.

그러므로 생존은 **감感** 입니다.

31) 장휘숙(2004), 청년심리학. 박영사.

[사람이 할 일_3]

일을 잘하는 비결

우리의 일상생활은 일과 관계로 계속된다는 것을 앞에서 언급한 적이 있습니다. 그리고 일은 먹이를 확보하기 위하여 동물들이 하는 사냥이나 먹이활동과 같이 인간도 식량이나 생활비를 마련하기 위한 직업 활동이라는 것을 말씀드렸습니다.

그런데 일은 앞에 언급한 '안재업애자감' 중에 '안재업'과 관련된 것이라고 말할 수 있습니다. 즉 일이란 직접 우리의 생존을 유지하고, 직업을 가지고 식량을 확보하는 것과 관련되어 있습니다.

이제 여러분께 일을 잘하는 비결을 설명하려고 합니다. 일을 잘하는 사람은 역사적인 인물이나 현대 인물에서도 수없이 많은 비결이 있겠지만, 여기서는 세 가지 비결을 이야기할까 합니다.

하나. 자기가 좋아하는 일을 하는 것입니다.

모든 사람들은 자신이 좋아하는 일이 있고, 싫어하는 일이 있습니다. 자기가 좋아하는 일을 직업으로 한다면 다음과 같은 이점이 있습니다.

첫째, 재미가 있습니다.

자기가 좋아하는 일을 하면 재미가 있어 놀이를 하는 것과 같습니다. 시간이 언제 갔는지도 모르게 지나가며 피로한 것도 잊어버리게 됩니다. 그리고 좋아하는 일을 하면 누가 열심히 하라고 재촉할 필요도 없습니다. 누군가 말하지 않아도 좋아하는 일은 자기도 모르게 그냥 열심히 하게 됩니다. 좋아하는 일을 하는 것 자체가 즐거움이니까요.

둘째, 성공 가능성이 높아집니다.

재미있는 일을 하면 누군가 시키지 않아도 자발적으로 일할 것이며, 재미있으므로 열심히 할 것이며, 집중해서 할 것입니다. 이렇게 집중해서 열심히 일한다면 성공할 가능성은 그렇지 않은 경우보다 훨씬 높아지겠지요.

우리가 인생을 살아가면서 이렇게 좋아하는 일만 하고 살 수 있다면 정말로 행복한 인생이 될 것입니다. 그러면 이것은 전혀 불가능한 일일까요? 그렇지 않을 수도 있습니다. 평생 동안 하고 살아야 하는 일을 자신이 좋아하는 일로 선택할 수 있다면 그것은 충분히 가능한 일입니다.

그러나 많은 사람들은 자신이 평생을 해야 하는 일을 선택할 때 자신이 진정으로 좋아하는지 생각하지 않는 경우가 많습니다. 그리고 다른 조건들 예컨대 시험점수나 보수, 사람들의 인기 등을 우선적으로 고려하는 경우가 많이 있는 것 같습니다. 이런 경우는 자신의 직업은 고된 노동이 되어 오직 돈벌이를 위한 일이 되고 말 것입니다. 그렇게 된다면 평생 일이 얼마나 고되고 힘들겠습니까?

그러므로 자신이 좋아하고 한평생 재미있게 할 수 있는 일이 무엇인지 생각해보는 것은 정말 소중한 일이라고 하겠습니다. 그런 일을 찾기 위해서는 선생님과 선배님의 도움과 여러분 자신의 경험이 무엇보다 중요할 것입니다. 여러분이 진정으로 좋아하고 재미있는 일을 찾아서 일생동안 즐겁고 재미있게 일할 수 있기를 바랍니다.

둘. 거북선을 만드는 것입니다.

이순신 장군은 임진왜란이 일어나기 일 년 전부터 왜군이 전쟁을 일으킬 것을 예상하고 군사를 훈련시키고 전함을 만들어 침략을 대비한 준비를 하였습니다. 그런 준비의 하나로 임진왜란이 일어나기 한 달 전에 거북선을 완성하여 함포 사격과 기동 훈련을 모두 마치고 정보 수집을 하며 왜적을 기다리고 있었습니다.

어떠한 일이라도 미리 준비를 해놓고 기다리는 사람을 이기기는 어려울 것입니다. 시험공고를 보고 책을 사서 공부를 하는 사람보다는 미리 공부를 하고 공고를 보는 사람이 그 시험에 합격할 확률이 높다는 것은 누구라도 알 수 있는 상식에 해당되는 일입니다.

이순신 장군이 7년의 전쟁에서 거둔 23전 23승이라는 전적은 동서고금을 막론하고 전 세계 역사상 어디에도 없는 전적입니다. 이러한 전승의 기록은 장군의 리더십과 당시의 상황, 지형의 이점, 함선 및 함포의 무기체계 등 여러 가지 요인이 있었지만 가장 중요한 요인은 전쟁이 시작되기 전에 미리 준비를 철저히 하였고, 전투를 위해 사전의 정보수집과 훈련과 경계, 작전 등을 미리 준비한 유비무환의 정신이었다고 해도 틀리지 않을 것입니다.

이순신 장군을 따르는 조선의 수군은 첫 전투를 불안과 초조함으로 승리한 후에 1승을 더하고, 1승을 더하면서 23승이 될 때까지 얼마나 장군이 믿음직하였겠습니까?

여러분이 새로운 일을 시작했을 때, 여러분이 입사를 할 때, 여러분이 시험을 쳐야할 때, 만약 독자 여러분은 남들이 전혀 알지 못하는 거북선을 준비해 갖고 있다면 여러분은 얼마나 마음 든든하겠습니까?

다가오는 큰일이나 시험의 불안으로 떠는 것이 아니라 오히려 거북선을 시험하고 싶은 기대감에 설레는 마음이 될지 모릅니다. '준비'라는 것은 이렇게 일을 맞이하는 우리들의 마음을 다르게 만들 것입니다.

셋. 하나씩 해나가는 것입니다.

일을 하나씩 해나가면 다음과 같은 이점이 있습니다.

첫째, 부담감 없이 지금 일에 집중할 수 있습니다.
어떤 일을 하려고 생각하고 막상 일을 마주하게 되면 '이것을 언제 다 하지?' 하는 생각이 먼저 듭니다. 이것은 나에게 있어 일이란 오로지 힘들고 괴롭고 참아내야 하는 의무감이라고 생각하기 때문에 그렇습니다.
히말라야 산을 등반하는데 걸어가는 내내 '저런 높은 산을 어떻게 올라가지? 발은 얼마나 아플까? 숨쉬기도 곤란할 거야.'라는 생각만 한다면 반도 가기 전에 힘이 들어 올라가지 못할 것입니다.

일을 전체적으로 계획했다면 지금은 지금 하고 있는 일 그것 하나만 완성하면 되는 것입니다. 다음의 일은 지금 하는 일을 완성해놓고 걱정하면 될 것입니다.
등산을 한다면 정상에 올라가는 것은 나중에 걱정하고 지금은 발자국 하나를 딛고 나가는 것에 집중하면 되는 것입니다. 올림픽 결승전에서 금메달을 따는 순간을 생각하면 마음이 떨리고 몸이 떨려서 제대로 공을 칠 수가 없습니다. 우승하는 것도 금메달 따는 것도 나중의 일입니다. 지금은 최선을 다해 공을 치는 것에 집중하는 것이 중요한 것입니다. 지금은 그것 하나만 하면 됩니다.

그렇게 하나씩 하나씩 일이 완성되어 모이면 큰 일이 될 것이고 그것이 큰 성공이 될 것입니다. 일의 결과는 그렇게 하나하나의 작은 일들이 모여서 되는 것입니다.

둘째, 더 빨리 일을 마칠 수 있습니다.

얼마 전 아내와 같이 운문사를 다녀왔습니다. 운문사 주차장에서 절까지는 보통 걸음으로 30분 정도 걸립니다. 그 날은 몸이 피곤하여 그 거리가 너무 멀어 보였습니다. 나는 승용차를 타고 절까지 들어가기를 바랐는데 아내는 멀리 주차장에 차를 두고 소나무 길을 걷자고 했습니다. 모처럼 아내의 부탁이라 피곤하지만 걷기로 하였습니다.

목적지까지 너무 멀게 느껴져 빨리 가는 방법을 찾게 되었습니다. 그것은 발걸음의 속도를 완전히 줄이는 것이었습니다. '세월아, 가라'하는 마음으로 오늘 안에는 도착하겠지 생각하고 걸었습니다. 빨리 걷지 않으니까 훨씬 덜 피곤하였습니다. 그리고 언제 도착하는지에 대해 마음 쓰지 않고 걸으니 아내와 대화에 집중할 수 있었습니다. 실제로 언제 도착했는지 모르게 운문사에 도착했습니다.

걷는 속도를 많이 줄였으니 물리적인 시간은 아마 훨씬 많이 걸렸을 것입니다. 그러나 내 마음의 시간은 십분의 일도 안 되게 훨씬 빨리 도착하였습니다.

이와 같이 욕심을 부려서 전체의 일을 한꺼번에 하려고 생각하지 않고 하나씩 하나씩[32] 지금에 집중해서 어떤 일을 한다면 일이 힘들게 느껴지지 않을 것이며, 더 빨리 일을 마칠 수 있을 것입니다.

---

32) 비슷한 이론으로 교육학에는 'Small Step의 법칙'이 있습니다. 작은 걸음으로 한걸음씩 배워나가면 완전학습에 도달하기 쉽다는 이론입니다.

넷. 마음을 '처음처럼' 가지는 것입니다.

일을 하며 '마음을 처음처럼 가지는 것'은 다음의 이점이 있습니다.

첫째, 처음 일을 시작할 때는 어느 때보다 순수한 마음을 갖고 뜨거운 열정이 있습니다. 대학을 졸업하고 처음 교사로 발령을 받은 초임교사는 일반교사와 마음가짐이 많이 다릅니다. 자기 혼자만이 미래의 대한민국의 인재를 만들어내는 것 같은 사명감과 자부심이 가득합니다. 교사 일이 처음이므로 실수도 많고 아쉬움도 많으며 육체적으로 많이 피로합니다. 그러나 언제나 즐거운 마음으로 학교에 출근하고 밝은 표정으로 아이들을 만납니다.

처음으로 경찰이 되어 출근하는 사람은 사회의 정의를 실현하려는 마음이 누구보다도 강합니다. 자기만이 우리 사회의 정의를 수호하는 사람처럼 느껴지고 가슴에 뿌듯한 기분이 가득합니다. 그리하여 늘 씩씩한 표정이며 자기가 만나는 모든 시민에게 친절하고 밝게 인사합니다.

어느 직장이나 처음 일을 할 때의 마음가짐은 숭고하리만큼 진지하고 존경스럽습니다. 그리고 자신이 하는 일에 대한 자부심과 미래의 희망으로 가득합니다. 그러나 시간이 흐르고 경력이 쌓이고 자기가 하는 일이 익숙해질수록 처음 가졌던 순수하고 열정적인 마음은 점점 작아져 있다는 것을 선임이 된 어느 날 문득 느껴집니다. 누구나 그렇게 되기 쉬운 일이기 때문에 마음을 처음처럼 그대로 가지고 있는 사람은 큰일을 이룰 수 있고 존경을 받는 것 같습니다.

둘째, 사람들에게 신뢰감을 얻을 수 있습니다.

마음을 처음과 같이 하여 일관성을 갖고 변치 않는다면 그것 하나만 가지고도 다른 사람들에게 신뢰감을 주기에 충분합니다. 신뢰는 것은 마음이 변치 않는 데 대한 믿음이므로 처음과 같은 마음을 지니는 있는 사람은 믿을 수 있는 사람입니다.

이와 같이 어떠한 일을 끝까지 해내고 싶은 사람이나, 자신의 열정을 지키고 싶은 사람이나, 다른 사람으로부터 신뢰감을 얻고 싶은 사람은 마음을 언제나 '처음처럼' 유지해야 되겠습니다.

셋째, 확실하게 성공할 수 있는 방법입니다.

일의 완성은 꾸준히 하는 것입니다. 토끼와 거북이의 경주에서 토끼처럼 아무리 빨리 달린다고 해도 결승선을 통과하지 않았는데 방심하고 잠을 자게 되면 거북이에게 패하고 말 것입니다. 사람들이 많이 사용하는 격언으로 "끝날 때까지는 끝난 것이 아니다."라는 말이 있습니다. 끝날 때까지 처음과 같은 마음을 가질 수 있다면 일을 성공적으로 완성할 수 있습니다.

나는 지금까지 최선을 다하여 왔으므로 나 자신에게, 나를 믿고 기다리는 사람들에게, 그리고 내가 사랑하는 사람에게 무엇인가 보여줄 결과가 있어야겠습니다. 처음처럼 마음을 갖는다면 여러분은 확실한 결과를 만들어낼 것입니다.

[사람이 할 일_4]

관계는 상생相生의 거래이다

사람은 혼자 살아갈 수 없으므로 생존을 위하여 반드시 다른 사람의 협력이 필요하고 이로 인하여 인간관계는 생존에 필수적입니다. 여기서의 '협력'은 사냥을 하거나 집안일을 하는 데 힘을 보태는 등의 육체적인 협력뿐만 아니라 서로를 격려하고 위로하는 심리적인 협력도 포함됩니다. 그러므로 인간관계의 궁극적인 목적은 상생이며 서로에게 도움이 되는 것입니다.

사람이 서로 도우려면 서로의 마음을 아는 것이 가장 중요하다고 하겠습니다. 헤아릴 서恕자는 '같을 여'자와 '마음 심'자가 합쳐서 만든 글자입니다. 서로 헤아려서 마음이 같아진다는 뜻입니다.

헤아릴 서恕와 같은 뜻을 가진 말은 여러분들이 잘 알고 계시는 역지사지易地思之입니다. 역지사지의 뜻은 '그 사람의 입장에서 생각한다.'입니다. 그런데 이 말을 생각하고 실천해보신 분들은 알겠지만 그 사람의 입장이 되어 생각해보아도 느낌이 잘 오지 않습니다. 그럴 때는 '내가 그와 비슷한 상황에서 어떤 마음이었는가?'를 생각해보는 것이 훨씬 좋았습니다.

역지사지에 대해 제가 느낀 경험이 있습니다.

제가 아주 좋아하는 후배 교사가 하나 있습니다. 매달 한 번씩 등산도 같이 하고 술자리도 자주 하며 마음 잘 통하는 사랑스러운 후배입니다. 지난 설 명절에 문득 생각이 났습니다.

'나는 그 녀석을 그렇게 좋아하고, 설날에도 이처럼 생각하고 있는데 그 녀석은 새해 인사 문자도 하나 보내주지 않네?'

갑자기 그 녀석에게 서운한 생각이 엄청 들었습니다.

그러다가 문득 1년 전에 정년퇴임을 하신, 나에게 친형님보다 더 잘해주셨던 선배 교장선생님의 얼굴이 떠올랐습니다. 그 형님은 나에게 그럴 수 없이 잘해주셨는데 퇴임을 한 뒤에 전화 연락도 드리지 못하고 명절이라고 소주 한잔을 대접해드리지 못했습니다.

연락을 드리지는 못했지만 그렇다고 형님이 싫어진 것도 아니고 가볍게 생각한 것도 아니었습니다. 저 나름대로 바쁘고 혹 귀찮게 생각하지 않을까 하는 생각도 있었습니다.

'아! 저는 저 자신에게는 이렇게 어질고 너그러웠습니다.'

그래서 후배에 대한 생각을 바꾸었습니다.

'괜찮아, 그럴 수 있어! 나처럼 사정이 있겠지.'

제가 경험을 하고 느껴보니까 역지사지는 이런 것이었습니다. 제가 그 사람이 되어보는 것이 아니라 저의 경우에 어떤 생각을 했는지를 살펴보니 그 사람 마음을 완전히 이해할 수 있었습니다.

사람들은 각각 원하는 것이 있습니다. 그 원하는 것을 알아주고 제공해주면 엄청 고마워하고 좋아할 것입니다. 필자가 연구한 문제 중에서 '초등학생들의 친구 사귀기와 그 의미'라는 논문이 있습니다. 그 연구의 결과에서 초등학생들이 친구를 사귄다는 것은 무엇인가를 주고받는다는 것을 알 수 있었습니다.[33)]

주고받는 것을 자세히 살펴보면 학용품 등의 물질적인 선물, 청소 등 어려운 일을 같이 해주기, 같이 놀아주기, 같이 기뻐하고 슬퍼하는 등의 감정, 미소, 격려, 응원 등의 따뜻한 마음 등이었습니다. 이것을 요약하면 물품(돈), 노동, 시간, 감정, 마음 등이 친구 사이에서 가고 온다고 정리할 수 있습니다.

'가고 오다'라는 것을 한자어로 바꾸어 보면 '갈 거去, 올 래來'해서 거래라는 말이 됩니다. 우리는 흔히 상품과 돈이 가고 오는 것을 경제적 용어로 거래라는 말을 사용하고 거래라는 말을 들으면 인정과 정성은 없는 메마른 말로 들리지만 실제로 인간관계에서는 상품과 돈뿐만이 아니라 어려운 일 같이 해주기, 같이 놀아주기, 슬픔과 기쁨 등의 감정을 나누기, 따뜻한 미소, 칭찬하는 마음, 좋아하는 마음 등을 거래한다는 것을 알 수 있습니다.

그리하여 관계하는 사람들 서로가 생존하고 행복할 수 있도록 무엇인가를 주고받는 것입니다. 다시 말하자면 **'인간관계는 상생相生의 거래이다'**라고 하겠습니다.

---

33) 서인수(2002). 초등학생의 친구 사귀기 의미. 박사학위논문.

사람들이 살아가면서 만나는 사람마다 서로에게 상생의 도움을 줄 수 있다면 그것보다 더 바람직한 것은 없을 것입니다. 그러나 우리들은 살아가다 보면 다른 사람에게 모두 도움을 주기는커녕 본의든 아니든 남에게 피해를 주는 경우가 많이 있습니다.

필자의 생각으로는 인간 사회에서 최초의 도덕이 발생하게 된 이유도 남에게 피해 주는 것을 방지하는 일부터 시작된 것이 아닐까 추정합니다.

[원시마을의 최초 규칙]

원시시대에 사람들이 햇빛이 잘 드는 곳에 각각 제자리를 잡고 모여서 살았을 것입니다. 이때는 아직 결혼의 개념도 없고 가족의 개념도 없었을 것입니다. 누군가 사냥을 해왔을 때 부러운 눈으로 바라보다가 배가 고픈 한 사람이 그것을 빼앗아 갔습니다. 고기를 빼앗긴 억울한 사람은 그곳의 제일 어른(촌장)에게 그런 사연을 말하게 되었습니다. 마을의 촌장은 사람들을 불러놓고 회의를 하게 되었습니다. 사람들은 자기 자신도 그러한 억울한 경우가 있었기 때문에 그 마음을 이해할 수 있었습니다.

사람들이 모여서 의논을 한 끝에

"지금부터 남의 물건을 빼앗는 일은 하지 말자. 만약 그렇게 하는 사람은 10배로 갚든지 마을에서 쫓겨나게 된다."

라는 약속을 정하게 되었습니다. 이것이 아마 최초의 도덕이자 법이 되었습니다.[34)]

---

34) '도덕' 발생의 원리를 유추하여 설정한 사례

앞의 이야기처럼 남의 것을 가져가는 일과 남을 해치는 일을 막기 위하여 사람들의 지혜를 모으고 의논을 하여 형성하게 된 것이 도덕이며 법률입니다. 그러므로 최소한의 도덕은 남에게 피해를 주지 않는 일이 될 것입니다.

따라서 사람들과의 관계에서 가장 기초가 되는 덕목은 다른 사람에게 피해를 주지 않는 것이고, 그 다음이 다른 사람의 생존에 도움을 주는 상생相生이 될 것입니다.

[사람이 할 일_5]

결과는 자연의 질서에

"부모님이 늙어가시는 모습을 보고 이제는 나도 열심히 노력을 해서 부모님이 바라시는 착하고 훌륭한 아들(딸)이 되어 효도하겠다고 다짐하였습니다."

"빠듯한 살림살이라도 알뜰하게 하는 애처로운 아내의 모습이 너무나 사랑스러워, 아내를 행복하게 해주기 위해 열심히 노력하기로 다짐을 하였습니다."

"대단한 능력이 있는 것은 아니지만 우리 가족을 위해 한평생 열심히 일하면서도 내색하지 않는 착한 남편을 위해 나도 사랑스러운 아내가 되기로 다짐했습니다."

"뛰어난 창의력으로 열심히 노력하여 업계를 주름잡은 젊은 CEO를 보면서 나도 열심히 노력하였습니다."

위의 예시처럼 우리는 이렇게 열심히 살고 있습니다.

다음 글을 읽고 해당되는 항목을 모두 체크해 보세요.

[A항목]

나는 건강과 안전을 위하여 최선을 다하였습니다. (   )

나는 재산을 모으려고 열심히 노력하였습니다. (   )

나는 능력 있는 사람이 되기 위해 노력하였습니다. (   )

나는 사랑하는 사람을 위하여 최선을 다하였습니다. (   )

나는 자식을 잘 기르기 위하여 최선을 다하였습니다. (   )

나의 자아실현을 위하여 노력하였습니다. (   )

[B항목]

일생을 질병과 사고 없이 건강하게 살고 계십니까? (   )

이제는 더 욕심이 없을 만큼 재산을 모으셨나요? (   )

일에서 원하는 만큼 최고의 대가가 되셨나요? (   )

아름다운 사랑으로 지금도 가슴이 뜨겁나요? (   )

여러분이 원하는 대로 자녀가 훌륭히 성장했나요? (   )

여러분은 자아실현을 완성하셨습니까? (   )

위에 나오는 열두 가지의 질문에 모두 "예"라고 자신 있게 말할 수 있다면 여러분의 인생은 정말 완전히 성공한 것입니다. 여러분 스스로 박수를 보내고 만나는 사람 누구에게도 자랑할 만한 인생이 되었겠습니다.

그러나 그런 사람은 이 세상에서 단 한명도 없습니다.

여섯 가지의 질문에 하나라도 그렇다고 자신 있게 대답할 수 있어도 대단히 성공한 인생이라고 말할 것입니다.

독자 여러분도 잘 아시는 일이지만, 우리들의 인생이 그렇게 쉽지만은 않습니다.

일에서, 어린 시절 딱지치기에서도 성공하기 어려웠는데 이 넓은 세상에 이 많은 사람들 중에서 어떻게 내가 늘 제일 잘하고, 어떻게 내가 늘 성공만 할 수 있겠습니까? 관계에서, 나는 모든 사람을 좋아하지 않으면서 어떻게 모든 사람에게 나를 사랑해주기를 바랄 수 있겠습니까?

내가 하는 일이 가끔 실패할 수도 있고, 나를 싫어하는 사람도 때로는 있는 것이 자연스러운 일이지요.

나의 삶에 있어서, 결과를 내가 마음대로 할 수 있는 것이 아닙니다. 내가 할 수 있는 것은 오직 '내가 바라는 결과의 원인을 하나씩 만들어 가는 방법'밖에 없습니다.

위에 나온 A가 인연이면 B는 결과입니다. 인연에서도 내가 통제할 수 있는 것은 인因 하나밖에는 없습니다. 연緣은 다른 사람이 도와주고 자연의 질서가 도와주는 것입니다. 인연因緣의 상호작용으로 결과가 만들어지므로 엄격하게 말한다면 결과는 내가 어떻게 할 수 있는 일이 아닙니다.

그러므로 결과에는 크게 마음을 두지 마십시오.

그냥 자연의 질서에 맡겨 두십시오.

그러면 마음이 고요해집니다.

그래도 결과가 마음에 들지 않는다구요?
그럴 때는 이렇게 말씀하십시오.

"괜찮아, 그럴 수 있어."

참고문헌

권석만(2016). 이상심리학의 기초. 학지사.

권준수 외(2017). 강박증 인지행동치료. 학지사.

김봉환 외(2018). 진로상담. 학지사.

김유숙(2018). 가족상담. 학지사.

김인자(2016). 현실치료 상담과 선택이론. 한국심리상담연구소.

김청송(2017). 이상심리학. 도서출판 싸이북스.

김화숙(2011). 자기긍정 다이어리. 도서출판 어드북스.

김용옥(2012). 금강경 강해. 통나무.

로렌스 크라우스(2013), 박병철 역. 무로부터 우주. 출판 승산.

민경환(2015). 성격심리학. 법문사.

법륜 스님(2012). 답답하면 물어라. 정토출판.

법륜 스님(2012). 마음이 불편해요. 정토출판.

서인수(2002). 초등학생의 친구사귀기 의미. 박사학위논문.

스티븐 호킹(2009), 전대호 역. 시간의 역사. 웅진씽크빅.

신명희 외(2017). 발달심리학. 학지사.

유발하리라(2015), 조현옥 역. 사피엔스. 김영사.

이상대 외(2017). 교실 속 갈등 상황. 우리교육.

이상희 외(2015). 인류의 기원. 사이언스 북스.

장대익(2015), 다윈의 서재, 바다출판사.

장휘숙(2004). 청년심리학. 박영사.

전현수(2018) 사마타와 위빠사나. 불광출판사.

정문자 외(2018). 가족치료의 이해. 학지사.

제인구달(2001), 최재천 공역. 인간의 그늘에서. 사이언스북스.

조벽 외(2014). 내 아이를 위한 감정코칭. 한국경제.

조옥귀 외(2016). 심리검사와 평가. 창지사.

칼 세이건 저(2016), 홍승수 역. 코스모스, 사이언스북스.

코이케 류노스케(2011). 화내지 않는 연습. 21세기 북스.

하수경 외(2013). 상담심리학 입문. 공동체.

하수경(2016). 교육심리학. 공동체.

한상복 외(2015). 문화인류학. 서울대학교.

혜민(2012). 멈추면 비로소 보이는 것들. 쌤앤파커스.

허혜경, 김혜수(2017). 청년심리와 교육. 학지사

Aaron Beck(2017), 원호택 공역. 우울증의 인지치료. 학지사.

Albert Ellis(2016), 서수균 공역. 합리적 정서행동치료. 학지사.

Carl Rogers(2016), 한승호 공역. 카운슬링의 이론과 실제. 학지사.

David H. Barlow 외(2016), 최병희 역. 공황장애의 인지행동 치료. 시그마프레스.

David S. Nichols(2015), 홍창희 공역. MMPI-2 평가. 박학사.

Donna A. Shcraft(2012), 손정락 역. 성격심리학. 박영사.

Fredrike Bannink(2017), 조성희 공역. 해결중심질문. 학지사.

Fritz Perls(2015), 최한나 공역. 게슈탈트 심리치료. 학지사.

Gerald Corey(2013), 조현춘 공역. 심리상담과 치료. 박영사.

Gerald Corey(2017), 김명권 공역. 집단상담. 학지사.

Howard Gardner(2007), 문용린 공역. 다중지능. 웅진씽크빅.

James Herbert 외(2015), 박경 공역. 인지행동치료. 학지사.

Jared Diamond(1997), 김진준 역. 총, 균, 쇠. 문학사상사.

Jeanne Ormrod(2017), 윤은서 공역. 인간의 학습. 시그마프레스.

Jone Teasdale 외(2014), 안희영 역. 마음챙김. 불광출판사.

Joseph V. Ciarrochi 외(2009), 인경스님 공역. 수용전념치료. 명상연구원.

Mark Epstein M.D.(2016), 전현수 역. 붓다의 심리학. 학지사.

Mark Walliams 외(2013), 차재호 역. 마음챙김 명상. 사람과 책.

Nhat Hanh, Thich(2002), 최수민 역. 명진출판.

Norman Amundson 외(2009), 이동혁 공역, 진로상담. 학지사.

Paul Eggin 외(2016), 신종호 공역. 교육심리학. 학지사.

Richard Dawkins(2006), 홍영남 공역. 이기적 유전자. 을유문화.

Richard Dawkins(2007), 이한음 역. 만들어진 신. 김영사.

Richard Sharf(2015), 천성문 역. 심리치료와 상담이론. 박영사

Robert Wubbolding(2016), 김인자 역. 현실치료 상담. 계림.

Stephen P. Robbins(1996), 김남현 역. 조직행동론. 경문사.

Zindel Segal 외 공저(2006), 이우경 공역, 마음챙김 인지치료.

Frederick s. Perls(1992). Gestalt Therapy Verbatim.

Nhat Hanh, Thich(2008). Breathe, you are alive.

Nhat Hanh, Thich(2010). Reconciliation.

「서인수 심리상담실」

https://cafe.naver.com/seoinsoo

괜찮아, 그럴 수 있어

지 은 이 서인수
그 림 이진한

1판 1쇄 발행 2019년 9월 5일

저작권자 서인수, 이진한

발 행 처 하움출판사
발 행 인 문현광
편 집 홍새솔
주 소 전라북도 군산시 축동안3길 20, 2층 하움출판사
I S B N 979-11-6440-056-0

홈페이지 http://haum.kr/
이 메 일 haum1000@naver.com
전 화 070-7617-7779
F A X 062-716-8533

좋은 책을 만들겠습니다.
하움출판사는 독자 여러분의 의견에 항상 귀 기울이고 있습니다.

이 도서의 국립중앙도서관 출판예정도서목록(CIP)은 서지정보유통지원시스템 홈페이지(http://seoji.nl.go.kr)와 국가자료종합목록 구축시스템(http://kolis-net.nl.go.kr)에서 이용하실 수 있습니다. (CIP제어번호 : CIP2019033601)

· 값은 표지에 있습니다.
· 파본은 구입처에서 교환해 드립니다.